漫步征途

陈思和
宋炳辉
主编

四川人民出版社

图书在版编目（CIP）数据

漫步征途/陈思和，宋炳辉主编．—成都：四川
人民出版社，2024.1
ISBN 978－7－220－13426－5

Ⅰ．①漫… Ⅱ．①陈… ②宋… Ⅲ．①中国文学－现
代文学－作品综合集 ②中国文学－当代文学－作品综合集
Ⅳ．①I216.1

中国国家版本馆 CIP 数据核字（2023）第 154312 号

MANBU ZHENGTU

漫步征途

陈思和　　宋炳辉　主编

出 版 人	黄立新
选题策划	李淑云
责任编辑	李京京
封面设计	叶 茂
内文设计	李其飞
责任校对	熊 韵
责任印制	周 奇
出版发行	四川人民出版社（成都三色路 238 号）
网 址	http://www.scpph.com
E-mail	scrmcbs@sina.com
新浪微博	@四川人民出版社
微信公众号	四川人民出版社
发行部业务电话	(028) 86361653　86361656
防盗版举报电话	(028) 86361653
照 排	四川胜翔数码印务设计有限公司
印 刷	成都兴怡包装装潢有限公司
成品尺寸	155mm×230mm
印 张	13
字 数	150 千
版 次	2024 年 1 月第 1 版
印 次	2024 年 1 月第 1 次印刷
书 号	ISBN 978－7－220－13426－5
定 价	69.00 元

编选说明

一、本书编选宗旨：站在新世纪回眸百年中国文学，以其艺术精品展示后人，为未来中国保留一份20世纪中国文学的"古文观止"。

二、本书编选性质：既为广大中文专业的本科和专科学生提供一部篇幅不大、内容精要、适合阅读学习的20世纪中国文学作品选，也为一般文学爱好者提供一部艺术性强，并且凝聚了现代中国知识分子美好精神境界的美文选，值得读者欣赏和珍藏。

三、本书编选范围：20世纪文学中的优秀作品，以现代汉语创作为主，包括小说、诗歌、散文、戏剧。长篇小说和篇幅过长的中篇小说选取其最能体现作家艺术成就的精彩片段；但一般的中篇小说、短篇小说均收录全篇。篇幅过长的诗歌和多幕戏剧也采取选其精彩片段的方法。散文包括抒情性散文、议论性散文、杂文和其他相关文体，但不包括篇幅较大的报告文学和理论批评文章。一般不选入旧体诗词。

四、本书编选体例：其顺序为［1］篇名；［2］作家简介；［3］作品正文；［4］作家的话；［5］评论家的话。其中［4］选取作家本人有关的创作谈。如一时找不到的，则空缺。［5］选取较权威的评论家已发表的对所选作品的批评或就作家整体风格的批评意见。通常选一到两则。如一时找不到的，由参与本书编辑工作的有关人员撰写，但不标"评论家的话"，而标"推荐者的话"，以示区别。

五、本书编选原则：本书强调感人的语言艺术和知识分子人格力量相融合的审美标准，强调真正的艺术创造是超越时间和空间限制而永存于世的文学观念，一般不考虑文学史的需要，不考虑思潮流派的代表性，也不考虑作家在现实社会中的地位和影响。

六、本书编选方式：本书所选作品，要求选其最好的版本。若有作家多次修改的作品，应在比较各种版本的基础上，以其艺术表现最成熟的版本为准，也会参考其他版本稍作修改。

七、本书编排顺序：基本按作品写作时间的前后排列，若无从考其写作年月，则以其初刊年月为准。相同作家的作品，也按其写作或发表时间的前后排列。

八、本书初版由复旦大学中文系现代文学教研室与中央广播电视大学等单位共同编辑，陈思和与李平担任主编，邓逸群与宋炳辉担任副主编，共同负责全书的策划、协调、审读、定稿等工作。参加工作的具体人员是：王东明、苏兴良、李平、钱旭初、韩鲁华、陈利群（主要负责小说编选）；李振声、张新颖、宋炳辉、梁永安（主要负责诗歌与散文作品的编选）；杨竞人、邓逸群（负责戏剧作品的编选）。另外，张业松也参加过部分工作。本书初版由上海学林出版社 1999 年出版。

本次修订，主要由宋炳辉负责，参与者有：郜元宝、张新颖、王光东、宋明炜、段怀清、金理等。陈思和最后审定。此次修订，对当代部分做了一些调整，新增了韩松、王小波、迟子建、阎连科等作家的相关篇目。

九、我们必须声明的是，这并不是十全十美的选本，更不是唯一的经典的选本，它只是一个能够比较自由地表达编者的文学审美观念的选本，希望读者能够从中获得人格的影响和美的熏陶。对于有些地区的作品（如香港、台湾地区等），因为资料的缺乏和信息的不敏，我们并无十分的把握，难免有遗珠之憾。"作家的话"和"评论家的话"两部分，因为不能翻阅所有的资料，肯定有许多选得不甚到位。我们希望读者能给以认真的批评和建议，以便以后再版时能有所修订增补，使其尽可能地接近于完美。

主编：陈思和　宋炳辉

目 录
CONTENTS

赵树理

小二黑结婚

　　赵树理，原名树礼，1906 年生于山西沁水县尉迟村一个农民家庭。幼时喜爱民间曲艺，谙熟农民的文化风俗。1927 年加入中国共产党，1929 年被捕入狱，获释后一度流浪各地，1937 年重新入党，并参加抗日工作。1943 年写出通俗小说《小二黑结婚》《李有才板话》等，被誉为"边区文艺工作者实践毛泽东文艺思想的具体方向"。1949 年移居北京，担任中国曲艺家协会主席等职，主编《说说唱唱》等刊物，1959 年因不同意农村极左政策而被当作右派批判，"文革"期间惨遭批斗和肉体摧残，死于 1970 年。有《赵树理全集》5 卷。

一、 神仙的忌讳

刘家峧有两个神仙，邻近各村无人不晓：一个是前庄上的二诸葛，一个是后庄上的三仙姑。二诸葛原来叫刘修德，当年做过生意，抬脚动手都要论一论阴阳八卦，看一看黄道黑道。三仙姑是后庄于福的老婆，每月初一十五都要顶着红布摇摇摆摆装扮天神。

二诸葛忌讳"不宜栽种"，三仙姑忌讳"米烂了"。这里边有两个小故事：有一年春天大旱，直到阴历五月初三才下了四指雨，初四那天大家都抢着种地，二诸葛看了看历书，又掐指算了一下说："今日不宜栽种。"初五日是端午，他历年就不在端午这天做什么，又不曾种；初六倒是个黄道吉日，可惜地干了，虽然勉强把他的四亩谷子种上了，却没有出够一半。后来直到十五才又下雨，别人家都在地里锄苗，二诸葛却领着两个孩子在地里补空子。邻家有个后生，吃饭时候在街上碰上二诸葛便问道："老汉，今天宜栽种不宜？"二诸葛翻了他一眼，扭转头返回去了，大家就嘻嘻哈哈传为笑谈。

三仙姑有个女孩叫小芹。一天，金旺他爹到三仙姑那里问病，三仙姑坐在香案后唱，金旺他爹跪在香案前听。小芹那年才九岁，晌午做捞饭，把米下进锅里了，听见她娘哼哼得很中听，站在桌前听了一会，把做饭也忘了。一会，金旺他爹出去小便，三仙姑趁空子向小芹说："快去捞饭！米烂了！"这句话却不料就叫金旺他爹听见，回去就传开了。后来有些好玩笑的人，见了三仙姑就故意问别人"米烂了没有？"

二、 三仙姑的来历

三仙姑下神，足足有三十年了。那时三仙姑才十五岁，刚刚嫁给于福，是前后庄上第一个俊俏媳妇。于福是个老实后生，不多说一句话，只会在地里死受。于福的娘早死了，只有个爹，父子两个一上了地，家里就只留下新媳妇一个人。村里的年轻人们觉得新媳妇太孤单，就慢慢自动的来跟新媳妇做伴，不几天就集合了一大群，每天嘻嘻哈哈，十分哄伙。于福他爹看见不像个样子，有一天发了脾气，大骂一顿，虽然把外人挡住了，新媳妇却跟他闹起来。新媳妇哭了一天一夜，头也不梳，脸也不洗，饭也不吃，躺在炕上，谁也叫不起来，父子两个没了办法。邻家有个老婆替她请了一个神婆子，在她家下了一回神，说是三仙姑跟上她了。她也哼哼唧唧自称吾神长吾神短，从此以后每月初一十五就下起神来。别人也给她烧起香来求财问病，三仙姑的香案便从此设起来了。

青年们到三仙姑那里去，要说是去问神，还不如说是去看圣像。三仙姑也暗暗猜透大家的心事，衣服穿得更新鲜，头发梳得更光滑，首饰擦得更明，官粉搽得更匀，不由青年们不跟着她转来转去。

这是三十来年前的事。当时的青年，如今都已留下胡子，家里大半又都是子媳成群，所以除了几个老光棍，差不多都没有那些闲情到三仙姑那里去了。三仙姑却和大家不同，虽然已经四十五岁，却偏爱当个老来俏，小鞋上仍要绣花，裤腿上仍要镶边，顶门上的头发脱光了，用黑手帕盖起来，只可惜官粉涂不平脸上的皱纹，看起来好像驴粪蛋上下了霜。

老相好都不来了，几个老光棍不能叫三仙姑满意，三仙姑又团结了一伙孩子们，比当年的老相好更多，更俏皮。

三仙姑有什么本领能团结这伙青年呢？这秘密在她女儿小芹身上。

三、小　芹

三仙姑前后共生过六个孩子，就有五个没有成人，只落了一个女儿，名叫小芹。小芹当两三岁时候，就非常伶俐乖巧，三仙姑的老相好们，这个抱过来说是"我的"，那个抱起来说是"我的"，后来小芹长到五六岁，知道这不是好话，三仙姑教她说："谁再这么说，你就说'是你的姑姑'。"说了几回，果然没有人再提了。

小芹今年十八了，村里的轻薄人说，比她娘年轻时候好得多。青年小伙子们，有事没事，总想跟小芹说句话。小芹去洗衣服，马上青年们也都去洗；小芹上树采野菜，马上青年们也都去采。

吃饭的时候，邻居们端上碗爱到三仙姑那里坐一会，前庄上的人来回一里路，也并不觉得远。这已经是三十年来的老规矩，不过小青年们也这样热心，却是近二三年来才有的事。三仙姑起先还以为自己仍有勾引青年的本领，日子长了，青年们并不真正跟她接近，她才慢慢看出门道来，才知道人家来了为的是小芹。

不过小芹却不跟三仙姑一样，表面上虽然也跟大家说说笑笑，实际上却不跟人乱来，近二三年，只是跟小二黑好一点。前年夏天，有一天前晌，于福去地里，三仙姑去串门，家里只留下小芹一个人，金旺来了，嬉皮笑脸向小芹说："这会可算是个空子吧？"小芹板起脸来说："金旺哥！咱们以后说话要规矩些！你也是娶媳妇大汉了！"金旺撇撇嘴说："咦！装什么假正经？小二黑一来管保你就软了！有便宜大家讨开点，没事；要正经除非自己锅底没有黑！"说着就拉住小芹的胳膊悄悄说："不用装模作样了！"不料小芹大声喊道："金旺！"金旺赶紧放手跑出来。一边还咄念道："等得住你！"说着就悄悄溜走了。

四、 金旺兄弟

提起金旺来，刘家峧没有人不恨他，只有他一个本家兄弟名叫兴旺的跟他对劲。

金旺他爹虽是个庄稼人，却是刘家峧一只虎，当过几十年老社首，捆人打人是他的拿手好戏。金旺长到十七八岁，就成了他爹的好帮手，兴旺也学会了帮虎吃食，从此金旺他爹想要捆谁，就不用亲自动手，只要下个命令，自有金旺兴旺代办。

抗战初年，汉奸敌探溃兵土匪到处横行，那时金旺他爹已经死了，金旺兴旺兄弟两个，给一支溃兵做了内线工作，引路绑票，讲价赎人，又做巫婆又做鬼，两头出装好人。后来八路军来，打垮溃兵土匪，他两人才又回到刘家峧。

山里人本来就胆子小，经过几个月大混乱，死了许多人，弄得大家更不敢出头了。别的大村子都成立了村公所、妇救会、武委会，刘家峧却除了县府派来一个村长以外，谁也不愿意当干部。不久，县里派人来刘家峧工作，要选举村干部，金旺跟兴旺两个人看出这又是掌权的机会，大家也巴不得有人愿干，就把兴旺选为武委会主任，把金旺选为村政委员，连金旺老婆也被选为妇救会主席，其他各干部，硬捏了几个老头子出来充数。只有青抗先队长，老头子充不得。兴旺看见小二黑这个小孩子漂亮好玩，随便提了一下名就通过了，他爹二诸葛虽然不愿，可是惹不起金旺，也没有敢说什么。

村长是外来的，对村里情形不十分了解，从此金旺兴旺比前更厉害了，只要瞒住村长一个人，村里人不论哪个都得由他两个调遣。这几年来，村里别的干部虽然调换了几个，而他两个却好像铁桶江山。大家对他两个虽是恨之入骨，可是谁也不敢说半句话，都恐怕扳不倒他们，自己吃亏。

五、小二黑

小二黑，是二诸葛的二小子，有一次反"扫荡"打死过两个敌人，曾得到特等射手的奖励。说到他的漂亮，那不只在刘家峧有名，每年正月扮故事，不论去到那一村，妇女们的眼睛都跟着他转。

小二黑没有上过学，只是跟着他爹识了几个字。当他六岁时候，他爹就教他识字。识字课本既不是"五经""四书"，也不是常识国语，而是从天干、地支、五行、八卦、六十四卦名等学起，进一步便学些《百中经》《玉匣记》《增删卜易》《麻衣神相》《奇门遁甲》《阴阳宅》等书。小二黑从小就聪明，像那些算属相、卜六壬课、念大小流年或"甲子乙丑海中金"等口诀，不几天就都弄熟了，二诸葛也常把他引在人前卖弄。因为他长得伶俐可爱，大人们也都爱跟他玩；这个说："二黑，算一算十岁属什么？"那个说："二黑，给我卜一课！"后来二诸葛因为说"不宜栽种"误了种地，老婆也埋怨，大黑也埋怨，庄上人也都传为笑谈，小二黑也跟着这事受了许多奚落。那时候小二黑十三岁，已经懂得好歹了，可是大人们仍把他当成小孩来玩弄，好跟二诸葛开玩笑的，一到了家，常好对着二诸葛问小二黑道："二黑！算算今天宜不宜栽种？"和小二黑年纪相仿的孩子们，一跟小二黑生了气，就连声喊道："不宜栽种不宜栽种……"小二黑因为这事，好几个月见了人躲着走，从此就和他娘商量成一气，再不信他爹的鬼八卦。

小二黑跟小芹相好已经二三年了。那时候他才十六七，原不过在冬天夜长时候，跟着些闲人到三仙姑那里凑热闹，后来跟小芹混熟了，好像是一天不见面也不能行。后庄上也有人愿意给小二黑跟小芹做媒人，二诸葛不愿意，不愿意的理由有三：第一小二黑是金命，小芹是火命，恐怕火克金；第二小芹生在十月，是个犯月；第三是三仙姑的名声不好。恰巧在这时候彰德府来了一伙难民，其中有个老李带来个八九岁的小姑娘，因为没有吃的，愿意把姑娘送给人家讨个活命。二诸葛说是个便宜，先问了一下生辰八字，掐算了半天说："千里姻缘使线牵"，就替小二黑收作童养媳。

虽然二诸葛说是千合适万合适，小二黑却不认账。父子俩吵了几天，二诸葛非养不行，小二黑说："你愿意养你就养着，反正我不要！"结果虽把小姑娘留下了，却到底没有说清楚算什么关系。

六、斗争会

金旺自从碰了小芹的钉子以后，每日怀恨，总想设法报一报仇。有一次武委会训练村干部，恰巧小二黑发疟疾没有去。训练完毕之后，金旺就向兴旺说："小二黑是装病，其实是被小芹勾引住了，可以斗争他一顿。"兴旺就是武委会主任，从前也碰过小芹一回钉子，自然十分赞成金旺的意见，并且又叫金旺回去和自己的老婆说一下，发动妇救会也斗争小芹一番。金旺老婆现任妇救会主席，因为金旺好到小芹那里去，早就恨得小芹了不得。现在金旺回去跟她说要斗争小芹，这才是巴不得的机会，丢下活计，马上就去布置。第二天，村里开了两个斗争会，一个是武委会斗争小二黑，一个是妇救会斗争小芹。

小二黑自己没有错，当然不承认，嘴硬到底，兴旺就下命令，把他捆起来送交政权机关处理。幸而村长脑筋清楚，劝兴旺说："小二黑发疟疾是真的，不是装病，至于跟别人恋爱，不是犯法的事，不能捆人家。"兴旺说："他已是有了女人的。"村长说："村里谁不知道小二黑不承认他的童养媳。人家不承认是对的；男不过十六女不过十五，不到订婚年龄。十来岁小姑娘，长大也不会来认这笔账。小二黑满有资格跟别人恋爱，谁也不能干涉。"兴旺没话说了，小二黑反要问他："无故捆人犯法不犯？"经村长双方劝解，才算放了完事。

兴旺还没有离村公所，小芹拉着妇救会主席也来找村长，她一进门就说："村长！捉贼要赃，捉奸要双，当了妇救会主席就不说理了？"兴旺见拉着金旺的老婆，生怕说出这事与自己有关，赶紧溜走。后来村长问了问情由，费了好大一会唇舌，才给她们调解开。

七、 三仙姑许亲

两个斗争会开过以后，事情包也包不住了，小二黑也知道这事是合理合法的了，索性就跟小芹公开商量起来。

三仙姑却着了急。她跟小芹虽是母女，近几年来却不对劲。三仙姑爱的是青年们，青年们爱的是小芹。小二黑这个孩子，在三仙姑看来好像鲜果，可惜多一个小芹，就没了自己的份儿。她本想早给小芹找个婆家推出门去，可是因为自己声名不正，差不多都不愿意跟她结亲。开罢斗争会以后，风言风语都说小二黑要跟小芹自由结婚，她想要真是那样的话，以后想跟小二黑说句笑话都不能了，那是多么可惜的事，因此托东家求西家要给小芹找婆家。

"插起招军旗，就有吃粮人。"有个吴先生是在阎锡山部下当过旅长的退职军官，家里很富，才死了老婆。他在奶奶庙大会上见过小芹一面，愿意续她，媒人向三仙姑一说，三仙姑当然愿意。不几天过了礼帖，就算定了，三仙姑以为了却一宗心事。

小芹已经和小二黑商量得差不多了，如何肯听她娘的话？过礼那一天，小芹跟她娘闹起来，把吴先生送来的首饰绸缎扔下一地。媒人走后，小芹跟她娘说："我不管！谁收了人家的东西谁跟人家去！"

三仙姑愁住了，睡了半天，晚饭以后，说是神上了身，打了两个呵欠就唱起来。她起先责备于福管不了家，后来说小芹跟吴先生是前世姻缘，还唱些什么"前世姻缘由天定，不顺天意活不成……"于福跪在地下哀求，神非教他马上打小芹一顿不可。小芹听了这话，知道跟这个装神弄鬼的娘说不出什么道理来，干脆躲了出去，让她娘一个人胡说。

　　小芹一个人悄悄跑到前庄上去找小二黑，恰在路上碰上小二黑去找她，两个就悄悄拉着手到一个大窑里去商量对付三仙姑的法子。

八、拿双

　　小芹把她娘怎样主婚怎样装神，唱些什么，从头至尾细细向小二黑说了一遍，小二黑说："不用理她！我打听过区上的同志，人家说只要男女本人愿意，就能到区上登记，别人谁也做不了主……"说到这里，听见外边有脚步声，小二黑伸出头来一看，黑影里站着四五个人，有一个说："拿双拿双！"他两人都听出是金旺的声音，小二黑起了火，大叫道："拿？没有犯了法！"兴旺也来了，下命令道："捉住捉住！我就看你犯法不犯法，给你操了好几天心了！"小二黑说："你说去那里咱就去那里，到边区政府你也不能把谁怎么样！走！"兴旺说："走？便宜了你！把他捆起来！"小二黑挣扎了一会，无奈没有他们人多，终于被他们七手八脚打了一顿捆起来了，兴旺说："里边还有个女的，也捆起来！捉奸要双，这是她自己说的！"说着就把小芹也捆起来了。

前庄上的人都还没有睡，听见有人吵架，有些人就跑出来看，麻秆火把下看见捆着的两个人，大家不问就都知道了八九分。二诸葛也出来了，见小二黑被人家捆起来，就跪在兴旺面前哀求道："兴旺！咱两家没有什么仇！看在我老汉面上，请你们诸位高高手……"兴旺说："这事情，我们管不了，送给上级再说吧！"小二黑说："爹！你不用管！送到那里也不犯法！我不怕他！"兴旺说："好小子！要硬你就硬到底！"又逼住三个民兵说："带他们走！"一个民兵问："带到村公所？"兴旺说："还到村公所干什么？上一回不是村长放了的？送给区武委会主任按军法处理！"说着就把他两个人拥上走了。

九、 二诸葛的神课

邻居们见是兴旺弟兄们捆人，也没有人敢给小二黑讲情，直等到他们走后，才把二诸葛招呼回家。

二诸葛连连摇头说："唉！我知道这几天要出事啦：前天早上我上地去，才上到岭上，碰上个骑驴媳妇，穿了一身孝，我就知道坏了。我今年是罗睺星照运，要谨防戴孝的冲了运气，因此哪里也不敢去，谁知躲也躲不过？昨天晚上二黑他娘梦见庙里唱戏。今天早上一个老鸦落在东房上叫了十几声……唉！反正是时运，躲也躲不过。"他啰里啰唆念了一大堆，邻居们听了有些厌烦，又给他说了一会宽心话，就都散了。

有事人哪里睡得着？人散了之后，二诸葛家里除了童养媳之外，三个人谁也没有睡。二诸葛摸了摸脸，取出三个制钱占了一卦，占出之后吓得他面色如土。他说："了不得呀了不得！丑土的父母动出午火的官鬼，火旺于夏，恐怕有些危险了。唉！人家把他选成青年队长，我就说过不叫他当，小杂种硬要充人物头！人家说要按军法处理，要不当队长哪里犯得了军法？"老婆也拍手跺脚道："小爹呀！谁知道你要闯这么大的事啦？"大黑劝道："不怕！事已经出下了，由他去吧！我想这又不是人命事，也犯不了什么大罪！既然他们送到区上了，我先到区上打听打听！你们都睡吧！"说着点了个灯笼就走了。

二诸葛打发大黑去后，仍然低头细细研究方才占的那一卦。停了一会，远远听着有个女人哭，越哭越近，不大一会就来到窗下，一推门就进来了。二诸葛还没有看清是谁，这女人就一把把他拉住，带哭带闹说："刘修德！还我闺女！你的孩子把我的闺女勾引到哪里了？还我……"二诸葛老婆正气得死去活来，一看见来的是三仙姑，正赶上出气，从炕上跳下来拉住她道："你来了好！省得我去找你！你母女两个好生生把我个孩子勾引坏，你倒有脸来找我！咱两人就也到区上说说理！"两个女人滚成一团，二诸葛一个人拉也拉不开，也再顾不上研究他的卦。三仙姑见二诸葛老婆已经不顾了命，自己先胆怯了几分，不敢恋战，吵闹了一会挣脱出来就走了。二诸葛老婆追出门来，被二诸葛拦回去，还骂个不休。

十、 恩典恩典

二诸葛一夜没有睡，一遍一遍念："大黑怎么还不回来，大黑怎么还不回来。"第二天天不明就起程往区上走，走到半路，远远看见大黑、三个民兵已都回来了，还来了区上一个助理员，一个交通员。他远远就喊叫道："大黑！怎么样？要紧不要紧？"大黑说："没有事！不怕！"说着就走到跟前，助理员跟三个民兵先走了。大黑告交通员说："这就是我爹！"又向二诸葛说："区上添传你跟于福老婆。你去吧，没有事！二黑跟小芹两个人，一到区上就放开了。区上早就听说兴旺跟金旺两个人不是东西，已经把他两个人押起来了，还派助理员到咱村开大会调查他们横行霸道的证据。我赶到那里人家就问罢了，听说区上还许咱二黑跟小芹结婚。"二诸葛说："不犯罪就好，结婚可不行，命相不对！你没有听说添传我做什么？"大黑说："不知道，大约也没有什么大事。你去吧，我先回去告我娘说。"交通员说："老汉！这就算见了你了！你去吧，我再传那一个去！"说了就跟大黑相跟着走了。

二诸葛到了区上，看见小二黑跟小芹坐在一条板凳上，他就指着小二黑骂道："闯祸东西！放了你你还不快回去？你把老子吓死了！不要脸！"区长道："干什么？区公所是骂人的地方？"二诸葛不说话了。区长问："你就是刘修德？"二诸葛答："是！"问："你给刘二黑收了个童养媳？"答："是！"问："今年几岁了？"答："属猴的，十二岁了。"区长说："女不过十五岁不能订婚，把人家退回娘家去，刘二黑已经跟于小芹订婚了！"二诸葛说："她只有个爹，也不知逃难逃到哪里去了，退也没处退。女不过十五不能订婚，那不过是官家规定，其实乡间七八岁订婚的多着哩。请区长恩典恩典就过去了……"区长说："凡是不合法的订婚，只要有一方面不愿意都得退！"二诸葛说："我这是两家情愿！"区长问小二黑道："刘二黑！你愿意不愿意？"小二黑说："不愿意！"二诸葛的脾气又上来了，瞪了小二黑一眼道："由你啦？"区长道："给他订婚不由他，难道由你啦？老汉！如今是婚姻自主，由不得你了，你家养的那个小姑娘，要真是没有娘家，就算成你的闺女好了。"二诸葛道："那也可以，不过还得请区长恩典恩典，不能叫他跟于福这闺女订婚！"区长说："这你就管不着了！"二诸葛发急道："千万请区长恩典恩典，命相不对，这是一辈子的事！"又向小二黑道："二黑！你不要糊涂了！这是你一辈子的事！"区长道："老汉！你不要糊涂了！强逼着你十九岁的孩子娶上个十二岁的小姑娘，恐怕要生一辈子气！我不过是劝一劝你，其实只要人家两个人愿意，你愿意不愿意都不相干。回去吧！童养媳没处退就算成你的闺女！"二诸葛还要请区长"恩典恩典"，一个交通员把他推出来了。

十一、看看仙姑

三仙姑去寻二诸葛，一来为的是逞逞闹气的本领，二来为的是遮遮外人的耳目，其实小芹吃一吃亏她很高兴，所以跟二诸葛老婆闹了一阵之后，回去就睡了。第二天早上，她起得很迟，于福虽比她着急，可是自己既没有主意，又不敢叫醒她，只好自己先去做饭，饭快成的时候，三仙姑慢慢起来梳妆，于福问她道："不去打听打听小芹?"她说："打听她做甚啦? 她的本领多大啦?"于福也再没有敢说什么，把饭菜做成了放在炉边等，直等到她梳妆罢了才开饭。

饭还没有吃罢，区上的交通员来传她。她好像很得意，嗓子拉得长长的说："闺女大了咱管不了，就去请区长替咱管教管教!"她吃完了饭，换上新衣服，新手帕、绣花鞋、镶边裤，又擦了一次粉，加了几件首饰，然后叫于福给她备上驴，她骑上，于福给她赶上，往区上去。

到了区上，交通员把她引到区长房子里，她爬下就磕头，连声叫道："区长老爷，你可要给我做主!"区长正伏在桌上写字，见她低着头跪在地下，头上戴了满头银首饰，还以为是前两天跟婆婆生了气的那个年轻媳妇，便说道："你婆婆不是有保人吗? 为什么不找保人?"三仙姑莫名其妙，抬头看了看区长的脸。区长见是个擦着粉的老太婆，才知道是认错人了。交通员道："认错人了! 这就是于小芹的娘!"区长又打量了她一眼道："你就是小芹的娘呀? 起来! 不要装神做鬼! 我什么都清楚! 起来!"三仙姑站起来了。区长问："你今年多大岁数?"三仙姑说："四十五。"区长说："你自己看看你打扮得像个人不像?"门边站着老乡一个十来岁的小闺女嘻嘻嘻笑了。交通员说："到外边耍!"小闺女跑了。区长问："你会下神是不是?"三仙姑不敢答话。区长问："你给你闺女找了个婆家?"三仙姑答："找下了!"问："使了多少钱?"答："三千五!"问："还有些什么?"答："有些首饰布匹!"问："跟你闺女商量过没有?"答："没有!"问："你闺女愿不愿意?"答："不知道!"区长道："我给你叫来你亲自问问她!"又向交通员道："去叫于小芹!"

刚才跑出去那个小闺女，跑到外边一宣传，说有个打官司的老婆，四十五了，擦着粉，穿着花鞋。邻近的女人们都跑来看，挤了半院，唧唧哝哝说："看看！四十五了！""看那裤腿！""看那鞋！"三仙姑半辈没有脸红过，偏这会沉不住气了，一道道热汗在脸上流。交通员领着小芹来了，故意说："看什么？人家也是个人吧，没有见过？闪开路！"一伙女人们哈哈大笑。

　　把小芹叫来，区长说："你问问你闺女愿意不愿意！"三仙姑只听见院里人说"四十五""穿花鞋"，羞得只顾擦汗，再也开不得口。院里的人们忽然又转了话头，都说"那是人家的闺女""闺女不如娘会打扮"，也有人说"听说还会下神"，偏又有个知道底细的断断续续讲"米烂了"的故事，这时三仙姑恨不得一头碰死。

　　区长说："你不问我替你问！于小芹，你娘给你找的婆家你愿意跟人家结婚不愿意？"小芹说："不愿意！我知道人家是谁？"区长问三仙姑道："你听见了吧？"又给她讲了一会婚姻自主的法令，说小芹跟小二黑订婚完全合法，还吩咐她把吴家送来的钱和东西原封退了，让小芹跟小二黑结婚。她羞愧之下，一一答应了下来。

十二、　怎么到底

　　三个民兵回到刘家峧，一说区上把兴旺金旺二人押起来，又派助理员来调查他们的罪恶，真是人人拍手称快。午饭后，庙里开一个群众大会，村长报告了开会宗旨，就请大家举他两个人的作恶事实。起先大家还怕扳不倒人家，人家再返回来报仇，老大一会没有人说话，有几个胆子太小的人，还悄悄劝大家说："忍事者安然。"有个被他俩作践垮了的年轻人说："我从前没有忍过？越忍越不得安然！你们不说我说！"他先从金旺领着土匪到他家绑票说起，一连说了四五款，才说道："我歇歇再说，先让别人也说几款！"他一说开了头，许多受过害的人也都抢着说起来：有给他们花过钱的，有被他们逼着上过吊的，也有产业被他们霸了的，老婆被他们奸淫过的。他两人还派上民兵给他们自己割柴，拨上民夫给他们自己锄地；浮收粮，私派款，强迫民兵捆人……你一宗他一宗，从晌午说到太阳落，一共说了五六十款。

区上根据这些罪状把他两人送到县里，县里把罪状一一证实之后，除叫他们赔偿大家损失外，又判了十五年徒刑。

经过这次大会之后，村里人也都敢出头了。不久，村干部又都经过大改选，村里人再也不敢乱投坏人的票了。这期间，金旺老婆自然也落了选。偏她还变了口吻，说："以后我也要进步了。"

两个神仙也有了变化：

三仙姑那天在区上被一伙妇女围住看了半天，实在觉着不好意思，回去对着镜子研究了一下，真有点打扮得不像话；又想到自己的女儿快要跟人结婚，自己还卖什么老俏？这才下了个决心，把自己的打扮从顶到底换了一遍，弄得像个当长辈人的样子，把三十年来装神弄鬼的那张香案也悄悄拆去。

二诸葛那天从区上回去，又向老婆提起二黑跟小芹的命相不对，他老婆道："把你的鬼八卦收起吧！你不是说二黑这回了不得吗？你一辈子放个屁也要卜一课，究竟抵了些什么事？我看小芹蛮不错，能跟咱二黑过就很好！什么命相对不对？你就不记得'不宜栽种'？"

二诸葛见老婆都不信自己的阴阳，也就不好意思再到别人跟前卖弄他那一套了。

小芹和小二黑各回各家，见老人们的脾气都有些改变，托邻居们趁势说和说和，两位神仙也就顺水推舟同意他们结婚。后来两家都准备了一下，就过门。过门之后，小两口都十分得意，邻居们都说是村里第一对好夫妻。

夫妻们在自己卧房里有时候免不了说玩话：小二黑好学三仙姑下神时候唱"前世姻缘由天定"，小芹好学二诸葛说"区长恩典，命相不对"。淘气的孩子们去听窗，学会了这两句话，就给两位神仙加了新外号：三仙姑叫"前世姻缘"，二诸葛叫"命相不对"。

1943 年 5 月写于太行

选自《小二黑结婚》

华北新华书店 1943 年 9 月初版

作家的话 ◈

我是从农村来的，懂得一些农民的语言，就用农民的语言写出一些东西。

我的文章大都是农民的话，因为我是想写给农民看的。

《生活·主题·人物·语言》

评论家的话 ◈

他写农民就像农民。动作是农民的动作，语言是农民的语言。一切都是自然的，简单明了的，没有一点矫揉造作、装腔作势的地方。而且，只消几个动作，几句语言，就将农民的真实的情绪的面貌勾画出来了。

他没有站在斗争之外，而是站在斗争之中，站在斗争的一方面，农民的方面，他是他们中间的一个。他没有以旁观者的态度，或高高在上的态度来观察与描写农民。农民的主人公的地位不只表现在通常文学的意义上，而是代表了作品的整个精神、整个思想。因为农民是主体，所以在描写人物、叙述事件的时候，都是以农民直接的感觉、印象和判断为基础的。

周扬《论赵树理的创作》

张爱玲
金 锁 记

    张爱玲，原名煐，原籍河北丰润。1921 年生于上海一个没落官宦家庭，其显赫而没落的家族背景，父母离异及母亲的"新女性"个性，都刺激了她的早熟的文学才情，让她在少女时代即表现出写作的爱好。1939 年赴香港大学读书，1942 年返回上海，开始了卖稿为生的道路。小说集《传奇》和散文集《流言》的出版，以消解"五四"新文化的知识分子启蒙立场，将都市民间意识揳入新文学的创作实绩，让沉闷的沦陷区文学界突兀地出现大红大紫的盛况。抗战胜利后又因与胡兰成的关系而消沉。1952 年去香港，写了长篇小说《秧歌》和《赤地之恋》。1955 年移居美国，除继续写作小说、散文外，主要致力于学术研究与翻译。晚年深居简出，1995 年在美国加州的寓所内悄然辞世。

三十年前的上海，一个有月亮的晚上……我们也许没赶上看见三十年前的月亮。年青的人想着三十年前的月亮该是铜钱大的一个红黄的湿晕，像朵云轩信笺上落了一滴泪珠，陈旧而迷糊。老年人回忆中的三十年前的月亮是欢愉的，比眼前的月亮大、圆、白；然而隔着三十年的辛苦路往回看，再好的月色也不免带点凄凉。

　　月光照到姜公馆新娶的三奶奶的陪嫁丫头凤箫的枕边。凤箫睁眼看了一看，只见自己一只青白的手搁在半旧高丽棉的被面上，心中便道："是月亮光么？"凤箫打地铺睡在窗户底下。那两年正忙着换朝代，姜公馆避兵到上海来，屋子不够住的，因此这一间下房里横七竖八睡满了底下人。

　　凤箫恍惚听见大床背后的窸窸窣窣的声音，猜着有人起来解手，翻过身去，果见布帘子一掀，一个黑影趿着鞋出来了，约莫是伺候二奶奶的小双，便轻轻叫了一声"小双姐姐"。小双笑嘻嘻走来，踢了踢地上的褥子道："吵醒了你了。"她两手抄在青莲色旧绸夹袄里，下面系着明油绿裤子。凤箫伸手捻了捻那裤脚，笑道："现在颜色衣服不大有人穿了，下江人时兴的都是素净的。"小双笑道："你不知道，我们家哪比得旁人家？我们老太太古板，连奶奶小姐们尚且做不得主呢，何况我们丫头？给什么，穿什么——一个个打扮得庄稼人似的！"她一蹲身坐在地铺上，拣起凤箫脚头一件小袄来，问道："这是你们小姐出阁，给你们新添的？"凤箫摇头道："三季衣裳，就只外场上看见的两套是新制的，余下的还不是拿上头人穿剩下的贴补贴补！"小双道："这次办喜事，偏赶着革命党造反，可委屈了你们小姐！"凤箫叹道："别提了！就说省俭些罢，总得有个谱子！也不能太看不上眼了。我们那一位，嘴里不言语，心里岂有不气的？"小双道："也难怪三奶奶不乐意。你们那边的嫁妆，也还凑合着，我们这边的排场，可太凄惨了。就连那一年娶咱们二奶奶，也还比这一趟强些！"凤箫愣了一愣道："怎么？你们二奶奶……"

小双脱下了鞋，赤脚从凤箫身上跨过去，走到窗户跟前，笑道："你也起来看看月亮。"凤箫一骨碌爬起身来，低声问道："我早就想问你了，你们二奶奶……"小双弯腰拾起那件小袄来替她披上了，道："仔细着了凉。"凤箫一面扣钮子，一面笑道："不行，你得告诉我！"小双笑道："是我说话不留神，闯了祸！"凤箫道："咱们这都是自家人了，干吗这么见外呀？"小双道："告诉你，你可别告诉你们小姐去！咱们二奶奶家里是开麻油店的。"凤箫哟了一声道："开麻油店！打哪儿想起的？像你们大奶奶，也是公侯人家的小姐，我们那一位虽比不上大奶奶，也还不是低三下四的人——"小双道："这里头自然有个缘故。咱们二爷你也见过了，是个残废，做官人家的女儿谁肯给他？老太太没奈何，打算替二爷置一房姨奶奶，做媒的给找了这曹家的，是七月里生的，就叫七巧。"凤箫道："哦，是姨奶奶。"小双道："原来是做姨奶奶的，后来老太太想着，既然不打算替二爷另娶了，二房里没个当家的媳妇，也不是事，索性聘了来做正头奶奶，好教她死心塌地服侍二爷。"凤箫把手扶着窗台，沉吟道："怪道呢！我虽是初来，也瞧料了两三分。"小双道："龙生龙，凤生凤，这话是有的。你还没听见她的谈吐呢！当着姑娘们，一点忌讳也没有。亏得我们家一向内言不出，外言不入，姑娘们什么都不懂。饶得不懂，还臊得没处躲！"凤箫扑哧一笑道："真的？她这些村话，又是从哪儿听来的？就连我们丫头——"小双抱着胳膊道："麻油店的活招牌，站惯了柜台，见多识广，我们拿什么去比人家？"凤箫道："你是她陪嫁来的么？"小双冷笑说："她也配！我原是老太太跟前的人，二爷成天的吃药，行动都离不了人，屋里几个丫头不够使，把我拨了过去。怎么着？你冷哪？"凤箫摇摇头。小双道："瞧你缩着脖子这娇模样儿！"一语未完，凤箫打了个喷嚏，小双忙推她道："睡吧！睡吧！快渥一渥。"凤箫跪了下来脱袜子，笑道："又不是冬天，哪儿就至于冻着了？"小双道："你别瞧这窗户关着，窗户眼儿里吱溜溜的钻风。"

　　两人各自睡下，凤箫悄悄地问道："过来了也有四五年了罢？"小双道："谁？"凤箫道："还有谁？"小双道："哦，她，可不是有五年了。"凤箫道："也生男育女的——倒没闹出什么话柄儿？"小双道："还说呢！话柄儿就多了！前年老太太领着合家上下到普陀山进香去，她坐月子没去，留着她看家。舅爷脚步儿走得勤些，就丢了一票东西。"凤箫失惊道："也没查出个究竟来？"小双道："问得出什么好的来？大家面子上下不去！那些首饰左不过将来是归大爷二爷三爷的。大爷大奶奶碍着二爷，没好说什么。三爷自己在外头流水似的花钱，欠了公账上不少，也说不响嘴。"

　　她们俩隔着丈来远交谈。虽是极力地压低了喉咙，依旧有一句半句声音大了些，惊醒了大床上睡着的赵嬷嬷。赵嬷嬷唤道："小双。"小双不敢答应。赵嬷嬷道："小双，你再混说，让人家听见了，明儿仔细揭你的皮！"小双还是不作声。赵嬷嬷又道："你别以为还是从前住的深堂大院哪，由得你疯疯癫癫！这儿可是挤鼻子挤眼睛的，什么事瞒得了人？趁早别讨打！"屋里顿时鸦雀无声。赵嬷嬷害眼，枕头里塞着菊花叶子，据说是使人眼目清凉的。她欠起头来按了一按髻上横绾的银簪，略一转侧，菊叶便沙沙作响。赵嬷嬷翻了个身，吱吱咯咯牵动了全身的骨节，她唉了一声道："你们懂得什么！"小双与凤箫依旧不敢接嘴。久久没有人开口，也就一个个的朦胧睡去了。

天就快亮了。那扁扁的下弦月，低一点，低一点，大一点，像赤金的脸盆，沉了下去。天是森冷的蟹壳青，天底下黑黝黝的只有些矮楼房，因此一望望得很远。地平线上的晓色，一层绿、一层黄、又一层红，如同切开的西瓜——是太阳要上来了。渐渐马路上有了小车与塌车辘辘推动，马车蹄声嘚嘚。卖豆腐花的挑着担子悠悠吆喝着，只听见那漫长的尾声："花……呕！花……呕！"再去远些，就只听见"哦……呕！哦……呕！"

屋子里丫头老妈子也起身了，乱着开房门、打脸水、叠铺盖、挂帐子、梳头。凤箫伺候三奶奶兰仙穿了衣裳，兰仙凑到镜子前面仔细望了一望，从腋下抽出一条水绿洒花湖纺手帕，擦了擦鼻翅上的粉，背对着床上的三爷道："我先去替老太太请安罢。等你，准得误了事。"正说着，大奶奶玳珍来了，站在门槛上笑道："三妹妹，咱们一块儿去。"兰仙忙迎了出去道："我正担心着怕晚了，大嫂原来还没上去。二嫂呢？"玳珍笑道："她还有一会儿耽搁呢。"兰仙道："打发二哥吃药？"玳珍四顾无人，便笑道："吃药还在其次——"她把大拇指抵着嘴唇，中间的三个指头握着拳头，小指头翘着，轻轻地"嘘"了两声。兰仙诧异道："两人都抽这个？"玳珍点头道："你二哥是过了明路的，她这可是瞒着老太太的，叫我们夹在中间为难，处处还得替她遮盖遮盖。其实老太太有什么不知道？有意的装不晓得，照常的派她差使，零零碎碎给她罪受，无非是不肯让她抽个痛快罢了。其实也是的，年纪轻轻的妇道人家，有什么了不得的心事，要抽这个解闷儿？"

玳珍兰仙挽手一同上楼，各人后面跟着贴身丫环，来到老太太卧室隔壁的一间小小的起坐间。老太太的丫头榴喜迎了出来，低声道："还没醒呢。"玳珍抬头望了望挂钟，笑道："今儿老太太也晚了。"榴喜道："前两天说是马路上人声太杂，睡不稳。这现在想是惯了，今儿补足了一觉。"

紫榆百龄小圆桌上铺着红毡条，二小姐姜云泽一边坐着，正拿着小钳子磕核桃呢，因丢下了站起来相见。玳珍把手搭在云泽肩上，笑道："还是云妹妹孝心，老太太昨儿一高兴，叫做糖核桃，你就记住了。"兰仙玳珍便围着桌子坐下了，帮着剥核桃衣子。云泽手酸了，放下了钳子，兰仙接了过来。玳珍道："当心你那水葱似的指甲，养得这么长了，断了怪可惜的！"云泽道："叫人去拿金指甲套子去。"兰仙笑道："有这些麻烦的，倒不如叫他们拿到厨房里去剥了！"

众人低声说笑着。榴喜打起帘子，报道："二奶奶来了。"兰仙云泽起身让座，那曹七巧且不坐下，一只手撑着门，一只手撑住腰，窄窄的袖口垂下一条雪青洋绉手帕，下身上穿着银红衫子，葱白线镶滚，雪青闪蓝如意小脚裤子，瘦骨脸儿，朱口细牙，三角眼，小山眉，四下里一看，笑道："人都齐了。今儿想必我又晚了！怎怪我不迟到——摸着黑梳的头！谁教我的窗户冲着后院子呢？单单就派了那么间房给我，横竖我们那位眼看是活不长的，我们净等着做孤儿寡妇了——不欺负我们，欺负谁?"玳珍淡淡的并不接口，兰仙笑道:"二嫂住惯了北京的房子，怪不得嫌这儿憋闷的慌。"云泽道:"大哥当初找房子的时候，原该找个宽敞些的，不过上海像这样的，只怕也算敞亮的了。"兰仙道:"可不是! 家里人实在多，挤是挤了点——"七巧挽起袖口，把手帕子掖在翡翠镯子里，瞟了兰仙一眼，笑道:"三妹妹原来也嫌人太多了。连我们都嫌人太多，像你们还没满月的自然嫌人多了!"兰仙听了这话，还没什么，玳珍先红了脸，道:"玩是玩，笑是笑，也得有个分寸。三妹妹新来乍到的，你让她想着咱们是什么样的人家?"七巧扯起手绢子的一角掩住了嘴唇道:"知道你们都是清门净户的小姐，你倒跟我换一换试试，只怕你一晚上也过不惯。"玳珍啐道:"不跟你说了，越说你越上头上脸的。"七巧索性上前拉住玳珍的袖子道:"我可以赌得咒——这三年里我可以赌得咒! 你敢赌么?"玳珍也撑不住扑哧一笑，咕噜了一句道:"怎么你孩子也有了两个?"七巧道:"真的，连我也不知道这孩子是怎么生出来的! 越想越不明白!"玳珍摇手道:"够了，够了，少说两句罢。就算你拿三妹妹当自己人，没有什么避讳，现放着云妹妹在这儿呢，待会儿老太太跟前一告诉，管叫你吃不了兜着走!"

　　云泽早远远的走开了，背着手站在阳台上，撮尖了嘴逗芙蓉鸟。姜家住的虽然是早期的最新式的洋房，堆花红砖大柱支着巍峨的拱门，楼上的洋台却是木板铺的地。黄杨木栏杆里面，放着一溜大簸箩子，晾着笋干，敝旧的太阳弥漫在空气里像金的灰尘，微微呛人的金灰，揉进眼睛里去，昏昏的。街上小贩遥遥摇着拨浪鼓，那懒腾腾的"不愣登……不愣登"里面有着无数老去的孩子们的回忆。包车叮叮的跑过，偶尔也有一辆汽车叭叭叫两声。

七巧自己也知道这屋子里的人都瞧不起她，因此和新来的人分外亲热些，倚在兰仙的椅背上问长问短，携着兰仙的手左看右看，夸赞了一会她的指甲，又道："我去年小拇指上养的比这个足足还长半寸呢，掐花给弄断了。"兰仙早看穿了七巧的为人和她在姜家的地位，微笑尽管微笑着，也不大搭理她。七巧自觉无趣，踅到洋台上来，拾起云泽的辫梢来抖了一抖，搭讪着笑道："哟！小姐的头发怎么这样稀朗朗的？去年还是乌油油的一头好头发，该掉了不少罢？"云泽闪过身去护着辫子，笑道："我掉两根头发，也要你管！"七巧只顾端详她，叫道："大嫂你来看看，云妹妹的确瘦多了，小姐莫不是有了心事了？"云泽啪的一声打掉了她的手，恨道："你今儿个真的发了疯了！平日还不够讨人嫌的？"七巧把两手筒在袖子里，笑嘻嘻地道："小姐脾气好大！"

玳珍探头出来道："云妹妹，老太太起来了。"众人连忙扯扯衣襟，摸摸鬓角，打帘子进隔壁房里去，请了安，伺候老太太吃早饭。婆子们端着托盘从起坐间穿了过去，里面的丫头接过碟碗，婆子们依旧退到外间来守候着。里面静悄悄的，难得有人说句把话，只听见银筷子头上的细银链条窣窣颤动。老太太信佛，饭后照例要做两个时辰的功课，众人退了出来，云泽背地里向玳珍道："二嫂不忙着过瘾去，还挨在里面做什么？"玳珍道："想是有两句私房话要说。"云泽不由得笑了起来道："她的话，老太太哪里听得进？"玳珍冷笑道："那倒也说不定。老年人心思总是活动的，成天在耳边絮聒着，十句里头相信一两句，也未可知。"

兰仙坐着磕核桃，玳珍和云泽便顺着脚走到洋台上，虽不是存心偷听正房里的谈话，老太太上了年纪，有点聋，喉咙特别高些，有意无意之间不免有好些话吹到洋台上的人的耳朵里来。云泽把脸气得雪白，先是握紧了拳头，又把两只手使劲一撒，便向走廊的另一头跑去。跑了两步，又站住了，身子向前伛偻着，捧着脸呜呜哭起来。玳珍赶上去扶着劝道："妹妹快别这么着！快别这么着！犯不着跟她这样的人计较！谁拿她的话当桩事！"云泽甩开了她，一径往自己屋里奔去。玳珍回到起坐间里来，一拍手道："这可闯出祸来了！"兰仙忙道："怎么了？"玳珍道："你二嫂去告诉了老太太，说女大不中留，让老太太写信给彭家，叫他们早早把云妹妹娶过去罢。你瞧，这算什么话？"兰仙也怔了一怔道："女家说出这种话来，可不是自己打脸么？"玳珍道："姜家没面子，还是一时的事，云妹妹将来嫁了过去，叫人家怎么瞧得起她？她这一辈子还要做人呢！"兰仙道："老太太是明白人，不见得跟那一位一样的见识。"玳珍道："老太太起先自然是不爱听，说咱们家的孩子，决不会生这样的心。她就说：'哟！您不知道现在的女孩子跟您从前做女孩子时候的女孩子，哪儿能够打比呀？时世变了，人也变了，要不怎么天下大乱呢？'你知道，年岁大的人就爱听这一套，说得老太太也有点疑疑惑惑起来。"兰仙叹道："好端端怎么想起来的，造这样的谣言！"玳珍两肘支在桌子上，伸着小指剔眉毛，沉吟了一会，哧地一笑道："她自己以为她是特别的体贴云妹妹呢！要她这样体贴我，我可受不了！"兰仙拉了他一把道："你听——不能是云妹妹罢？"后房似乎有人在那里大放悲声，蹬得铜床柱子一片响，嘈嘈杂杂还有人在那里解劝，只是劝不住。玳珍站起来道："我去看看。别瞧这位小姐好性儿，逼急了她，也不是好惹的。"

玳珍出去了，那姜三爷季泽却一路打着呵欠进来了。季泽是个结实小伙子，偏于胖的一方面，脑后拖一根三股油松大辫，生得天圆地方，鲜红的腮颊，往下坠着一点，青湿眉毛，水汪汪的黑眼睛里永远透着三分不耐烦，穿一件竹根青窄袖长袍，酱紫芝麻地一字襟珠扣小坎肩，问兰仙道："谁在里头叽叽喳喳跟老太太说话？"兰仙道："二嫂。"季泽抿着嘴摇摇头。兰仙笑道："你也怕了她？"季泽一声儿不言语，拖过一把椅子，将椅背抵着桌缘，把袍子高高的一撩，骑着椅子坐了下来，下巴搁在椅背上，手里只管把核桃仁一个一个拈来吃，兰仙睨了他一眼道："人家剥了这一晌午，是专诚孝敬你的么？"正说着，七巧掀着帘子出来了，一眼看见了季泽，身不由主的就走了过来，绕到兰仙椅子背后，两手兜在兰仙脖子上，把脸凑了下去，笑道："这么一个人才出众的新娘子！三弟你还没谢谢我哪！要不是我催着他们早早替你办了这件事，这一耽搁，等打完了仗，指不定要十年八年呢！可不把你急坏了！"兰仙生平最大的憾事便是出阁的日子正赶着非常时期，潦草成了家，诸事都欠齐全，因此一听见这不入耳的话，她那小长挂子脸便往下一沉。季泽望了兰仙一眼，微笑道："二嫂，自古好心没有好报，谁都不承你的情！"七巧道："不承情也罢！我也惯了。我进了你们姜家的门，别的不说，单只守着你二哥这些年，衣不解带地服侍他，也就是个有功无过的人——谁见我的情来？谁有半点好处到我头上？"季泽笑道："你一开口就是满肚子的牢骚！"七巧长长的吁了一口气，只管拨弄兰仙衣襟上扣着的金三事儿和钥匙。半晌，忽道："总算你这一个来月没出去胡闹过。真亏了新娘子留住了你。旁人跪下来求你也留不住！"季泽笑道："是吗？嫂子并没有留过我，怎见得留不住？"一面笑，一面向兰仙使了个眼色。七巧笑得直不起腰道："三妹妹，你也不管管他！这么个猴儿崽子，我眼看他长大的，他倒占起我的便宜来了！"

她嘴里说笑着，心里发烦，一双手也不肯闲着，把兰仙揣着捏着，捶着打着，恨不得把她挤得走了样才好。兰仙纵然有涵养，也忍不住要恼了，一性急，磕核桃使岔了劲，把那二寸多长的指甲齐根折断。七巧哟了一声道："快拿剪刀来修一修。我记得这屋里有一把小剪子的。"便唤："小双！榴喜！来人哪！"兰仙立起身来道："二嫂不用费事，我上我屋里铰去。"便抽身出去。七巧就在兰仙的椅子上坐下了，一手托着腮，抬高了眉毛，斜睃着季泽道："她跟我生了气么？"季泽笑道："她干吗生你的气？"七巧道："我正要问呀——我难道说错了话不成？留你在家倒不好？她倒愿意你上外头逛去？"季泽笑道："这一家子从大哥大嫂起，齐了心管教我，无非怕我花了公账上的钱罢了。"七巧道："阿弥陀佛，我保不定别人不安着这个心，我可不那么想。你就是闹了亏空，押了房子卖了田，我若皱一皱眉头，我也不是你二嫂了。谁叫咱们是骨肉至亲呢？我不过是要你当心你的身子。"季泽咏的一笑道："我当心我的身子，要你操心？"七巧颤声道："一个人，身子第一要紧。你瞧你二哥弄得那样儿，还成个人吗？还能拿他当个人看？"季泽正色道："二哥不比得我，他一下地就是那样儿，并不是自己作践的。他是个可怜的人，一切全仗二嫂照护他了。"七巧直挺挺的站了起来，两手扶着桌子，垂着眼皮，脸庞的下半部抖得像嘴里含着滚烫的蜡烛油似的，用尖细的声音逼出两句话道："你去挨着你二哥坐坐！你去挨着你二哥坐坐！"她试着在季泽身边坐下，只搭着他的椅子的一角，她将手贴在他腿上，道："你碰过他的肉没有？是软的、重的，就像人的脚有时发了麻，摸上去那感觉……"季泽脸上也变了色，然而他仍旧轻佻地笑了一声，俯下腰，伸手去捏她的脚道："倒要瞧瞧你的脚现在麻不麻！"七巧道："天啊，你没挨着他的肉，你不知道没病的身子是多好的……多好的……"她顺着椅子溜下去，蹲在地上，脸枕着袖子，听不见她哭，只看见发髻上插的风凉针，针头上的一粒钻石的光，闪闪掣动着。发髻的心子里扎着一小截粉红丝线，反映在金刚钻微红的光焰里。她的背影一挫一挫，俯伏了下去。她不像在哭，简直像在翻肠搅胃地呕吐。

季泽先是愣住了，随后就立起来道："我走我走就是了。你不怕人，我还怕人呢。也得给二哥留点面子！"七巧扶着椅子站了起来，呜咽道："我走。"她扯着衫袖里的手帕揾了揾脸，忽然微微一笑道："你这样卫护你二哥！"季泽冷笑道："我不卫护他，还有谁卫护他？"七巧向门走去，哼了一声道："你又是什么好人？趁早不用在我跟前假撇清！且不提你在外头怎样荒唐，单只在这屋里……老娘眼睛是揉不下沙子去！别说我是你嫂子了，就是我是你奶妈，只怕你也不在乎。"季泽道："我原是个随随便便的人，哪禁得你挑眼儿？"七巧待要出去，又把背心贴在门上，低声道："我就不懂，我有什么地方不如人？我有什么地方不好……"季泽笑道："好嫂子，你有什么不好？"七巧笑了一声道："难不成我跟了个残废的人，就过上了残废的气，沾都沾不得？"她睁着眼直勾勾朝前望着，耳朵上的实心小金坠子像两只铜钉把她钉在门上——玻璃匣子里的蝴蝶的标本，鲜艳而凄怆。

季泽看着她，心里也动了一动，可是那不行，玩尽管玩，他早抱定了宗旨不惹自己家里人，一时的兴致过去了，躲也躲不掉，踢也踢不开，成天在面前，是个累赘。何况七巧的嘴这样敞，脾气这样燥，如何瞒得了人？何况她的人缘这样坏，上上下下谁肯代她包涵一点？她也许是豁出去了，闹穿了也满不在乎。他可是年纪轻轻的，凭什么要冒那个险？他侃侃说道："二嫂，我虽年纪小，并不是一味胡来的人。"

仿佛有脚步声，季泽一撩袍子，钻到老太太屋子里去了，临走还抓了一大把核桃仁。七巧神志还不很清楚，直到有人推门，她方才醒了过来，只是将计就计，藏在门背后，见玳珍走了进来，她便夹脚出来，在玳珍背上打了一下。玳珍勉强一笑道："你的兴致越发好了！"又望了望桌子上道："咦？那么些核桃，吃得差不多了。再也没有别人，准是三弟。"七巧倚着桌子，面向洋台立着，只是不言语。玳珍坐了下来，嘟哝道："害人家剥了一早上，便宜他享现成的！"七巧捏着一片锋利的胡桃壳，在红毡条上狠命刮着，左一刮，右一刮，看看那毡子起了毛，就要破了。她咬着牙道："钱上头何尝不是一样？一味的叫咱们省，省下来让人家拿出去大把的花！我就不服这口气！"玳珍看了她一眼，冷冷的道："那可没有办法。人多了，明里不去，暗里也不见得不去。管得了这个，管不了那个。"七巧觉得她话中有刺，正待反唇相讥，小双进来了，鬼鬼祟祟走到七巧跟前，嗫嚅道："奶奶，舅爷来了。"七巧骂道："舅爷来了，又不是背人的事，你嗓子眼里长了疔是怎么着？蚊子哼哼似的！"小双倒退了一步，不敢言语。玳珍道："你们舅爷原来也到上海来了？咱们这儿亲戚倒都全了。"七巧移步出房道："不许他到上海来？内地兵荒马乱的，穷人也一样的要命呀！"她在门槛子站住了，问小双道："回过老太太没有？"小双道："还没呢。"七巧想了一想，毕竟不敢去告诉一声，只得悄悄下楼去了。

玳珍问小双道："舅爷一个人来的？"小双道："还有舅奶奶，携着四只提篮盒。"玳珍咯的一笑道："倒破费了他们。"小双道："大奶奶不用替他们心痛。装得满满的进来，一样装得满满的出去。别说金的银的圆的扁的，就连零头鞋面儿裤腰都是好的！"玳珍笑道："别那么缺德了！你下去罢。她娘家人难得上门，伺候不周到，又该大闹了。"

小双赶了出去，七巧正在楼梯口盘问榴喜老太太可知道这件事。榴喜道："老太太念佛呢，三爷趴在窗口看野景，说大门口来了客人。老太太问是谁，三爷仔细看了看，说不知是不是曹家舅爷，老太太就没追问下去。"七巧听了，心头火起，跺了跺脚，嗫嗫呐呐骂道："敢情你装不知道就算了！皇帝还有草鞋亲呢！这会子有这么势利的，当初何必三媒六聘的把我抬过来？快刀斩不断的亲戚，别说你今儿是装死，就是你真死了，他也不能不到你的灵前磕三个头，你也不能不受着他的！"一面说，一面下去了。

她那间房，一进门便有一堆多漆箱笼迎面拦住，只隔开几步见方的空地。她一掀帘子，只见她嫂子蹲下身去将提篮盒上面的一屉酥盒子卸了下来，检视下面一屉里的菜可曾泼出来。她哥哥曹大年背着手弯着腰看着。七巧止不住一阵心酸，倚着箱笼，把脸偎在那沙蓝棉套子上，纷纷落下泪来。她嫂子慌忙站直了身子，抢步上前，两只手捧住她一只手，连连叫着姑娘，曹大年也不免抬起袖子来擦眼睛。七巧把那只空着的手去解箱套子上的纽扣，解了又扣上，只是开不得口。

她嫂子回过头去睐了她哥哥一眼道："你也说句话呀！成日家念

叨着，见了妹妹的面，又像锯了嘴的葫芦似的！"七巧颤声道："也不怪他没有话——他哪儿有脸来见我！"又向他哥哥道："我只道你这一辈子不打算上门了！你害得我好！你扔崩一走，我可走不了。你也不顾我的死活！"曹大年道："这是什么话？旁人这么说还罢了，你也这么说！你不替我遮盖遮盖，你自己脸上也不见得光鲜。"七巧道："我不说，我可禁不住人家不说。就为你，我气出了一身病在这里。今日之下，亏你还拿这话来堵我！"她嫂子忙道："是他的不是，是他的不是！姑娘受了委屈了，姑娘受委屈也不止这一件，好歹忍着罢，总有个出头之日。"她嫂子那句"姑娘受委屈也不止这一件"的话却深深打进她心坎儿里去。七巧哀哀哭了起来，急得她嫂子直摇手道："看吵醒了姑爷。"房那边暗昏昏的紫楠大床上，寂寂吊着珠罗纱帐子。七巧的嫂子又道："姑爷睡着了罢？惊动了他，该生气了。"七巧高声叫道："他要有点人气，倒又好了！"她嫂子吓得掩住她的嘴道："姑奶奶别！病人听见了，心里不好受！"七巧道："他心里不好受，我心里好受吗？"她嫂子道："姑爷还是那软骨症？"七巧道："就这一件还不够受了，还禁得起添什么？这儿一家子都忌讳痨病这两个字，其实这还不是骨痨！"她嫂子道："整天躺着，有时候也坐起来一会儿么？"七巧吓吓的笑了起来道："坐起来，脊梁骨直溜下去，看上去还没有我那三岁的孩子高哪？"她嫂子一时想不出劝慰的话，三个人一时都愣住了。七巧猛地蹬脚道："走吧，走吧，你们！你们来一趟，就害得我把前因后果重新在心里过一过。我禁不起这么折腾！你快给我走！"

曹大年道："妹妹你听我一句话。别说你现在心里不舒坦，有个娘家走动着，多少好些，就是你有了出头之日了，姜家是个大族，长辈动不动就拿大帽子压人，平辈小辈一个个如狼似虎的，哪一个是好惹的？替你打算，也得要个帮手。将来你用得着你哥哥你侄儿的时候多着呢。"七巧啐了一声道："我靠你帮忙，我也倒了霉了！我早把你看得透里透——斗得过他们，你到我跟前来邀功要钱，斗不过他们，你往那边一倒。本来见了做官的就魂都没有了，头一缩，死活随我去。"大年涨红了脸冷笑道："等钱到了你手里，你再防着你哥分你的，也还不迟。"七巧道："你既然知道钱还没到我手里，你来找我做什么？"大年道："路远迢迢赶来看你，倒是我们的不是了！走！我们这就走！凭良心说，我就用你两个钱，也是应该的，当初我若贪图财礼，问姜家多要几百两银子，把你卖给他们做姨太太，也就卖了。"七巧道："奶奶不胜似姨奶奶吗？长线放远鹞，指望大着呢！"大年待要回嘴，他媳妇拦住他道："你就少说几句罢！以后还有见面的日子呢。将来姑奶奶想到你的时候，才知道她就只你这一个亲哥哥了！"大年督促他媳妇整理了提篮盒，拎起就待走。七巧道："我稀罕你？等我有了钱了，我不愁你不来，只愁打发你不开。"嘴里虽然硬着，熬不住那呜咽的声音，一声响似一声，憋了一上午的满腔幽恨，借着这因由尽情发泄了出来。

她嫂子见她分明有些留恋之意，便做好做歹劝住了她哥哥，一面半搀半拥把她引到花梨炕上坐下了，百般譬解，七巧渐渐收了泪。兄妹姑嫂叙了些家常。北方情形还算平静，曹家的麻油铺还照常营业着。大年夫妇此番到上海来，却是因为他家没过门的女婿在人家当账房，光复的时候恰巧在湖北，后来辗转跟主人到上海来了，因此大年亲自送了女儿来完婚，顺便探望妹子。大年问候了姜家阖宅上下，又要参见老太太，七巧道："不见也罢了，我正跟她怄气呢。"

大年夫妇都吃了一惊,七巧道:"怎么不怄气呢?一家子都往我头上踩,我若是好欺负的,早给作践死了,饶是这么着,还气得我七病八痛的!"她嫂子道:"姑娘近来还抽烟不抽,倒是鸦片烟,平肝导气,比什么药都强,姑娘自己千万保重,我们又不在跟前,谁是个知疼着热的人?"

七巧翻箱子取出几件新款尺头送与她嫂子,又是一副四两重的金镯子,一封披霞莲蓬簪,一床丝棉被胎,侄女们每人一只金挖耳,侄儿们或是一只金锞子,或是一顶貂皮暖帽,另送了她哥哥一只珐蓝金蝉打簧表,她哥嫂道谢不迭。七巧道:"你们来得不巧,若是在北京,我们正要上路的时候,带不了的东西,分了几箱给丫头老妈子,白便宜了他们。"说得她哥嫂讪讪的。临行的时候,她嫂子道:"忙完了闺女,再来瞧姑奶奶。"七巧笑道:"不来也罢了,我应酬不起!"

大年夫妇出了姜家的门,她嫂子便道:"我们这位姑奶奶怎么换了个人?没出嫁的时候不过要强些,嘴头上琐碎些,就连后来我们去瞧她,虽是比前暴躁些,也还有个分寸,不似如今疯疯傻傻,说话有一句没一句,就没一点儿得人心的地方。"

七巧立在房里,抱着胳膊看小双祥云两个丫头把箱子抬回原处,一只一只叠了上去。从前的事又回来了:临着碎石子街的馨香的麻油店,黑腻的柜台,芝麻酱桶里竖着木匙子,油缸上吊着大大小小的铁匙子。漏头插在打油的人的瓶里,一大匙再加上两小匙正好装满一瓶——一斤半。熟人呢,算一斤四两。有时她也上街买菜,蓝夏布衫裤,镜面乌绫镶滚。隔着密密层层的一排吊着猪肉的铜钩,她看见肉铺里的朝禄。朝禄赶着她叫曹大姑娘。难得叫声巧姐儿,她就一巴掌打在钩子背上，无数的空钩子荡过去锥他的眼睛，朝禄从钩子上摘下尺来宽的一片生猪油，重重地向肉案一抛，一阵温风直扑到她脸上，腻滞的死去的肉体的气味……她皱紧了眉毛。床上睡着的她的丈夫，那没有生命的肉体……

风从窗子里进来，对面挂着的回文雕漆长镜被吹得摇摇晃晃，磕托磕托敲着墙。七巧双手按住了镜子。镜子里反映着的翠竹帘子和一副金绿山水屏条依旧在风中来回荡漾着，望久了，便有一种晕船的感觉。再定睛看时，翠竹帘子已经褪了色，金绿山水换了一张她丈夫的遗像，镜子里的人也老了十年。

去年她戴了丈夫的孝，今年婆婆又过世了。现在正式挽了叔公九老太爷出来为他们分家。今天是她嫁到姜家来之后一切幻想的集中点。这些年了，她戴着黄色的枷锁，可是连金子的边都啃不到，这以后就不同了。七巧穿着白香云纱衫，黑裙子，然而她脸上像抹了胭脂似的，从那揉红了的眼圈儿到烧热的颧骨。她抬起手来揾了一揾脸，脸上烫，身子却冷得打战。她叫祥云倒了一杯茶来。（小双早已嫁了，祥云也配了个小厮。）茶给喝了下去，沉重地往腔子里流，一颗心便在热茶里扑通扑通跳。她背向着镜子坐下了，问祥云道："九老太爷来了这一下午，就在堂屋里跟马师爷查账？"祥云应了一声是。七巧又道："大爷大奶奶三爷三奶奶都不在跟前？"祥云又应了一声是。七巧道："还到谁的屋里去过？"祥云道："就到哥儿们的书房里兜了一兜。"七巧道："好在咱们白哥儿的书倒不怕他查考……今年这孩子就吃亏在他爸爸他奶奶接连着出了事，他若还有心念书，他也不是人养的！"她把茶吃完了，吩咐祥云下去看看堂屋里大房三房的人可都齐了，免得自己去早了，显得性急，被人耻笑。

恰巧大房里也差了一个丫头出来探看,和祥云打了个照面。

七巧终于款款下楼来了。当屋里临时布置了一张镜面乌木大餐台,九老太爷独当一面坐了,面前乱堆着青布面,梅红签的账簿,又搁着一只瓜楞茶碗。四周除了马师爷之外,又有特地邀请的“公亲”,近于陪审员的性质。各房只派了一个男子作代表,大房是大爷,二房二爷没了,是二奶奶,三房是三爷。季泽很知道这总清算的日子于他没有什么好处,因此他到得最迟。然而来既来了,他决不愿意露出焦灼懊丧的神气,腮帮子上依旧是他那点丰肥,红色的笑。眼睛里依旧是他那点潇洒的不耐烦。

九老太爷咳嗽了一声,把姜家的经济状况约略报告了一遍,又翻着账簿子读出重要的田地房产的所在与按年的收入。七巧两手紧紧扣在肚子上,身子向前倾着,努力向她自己解释他的每一句话,与她往日调查所得一一印证。青岛的房子、天津的房子、原籍的地、北京城外的地、上海的房子……三爷在公账上拖欠过巨,他的一部分遗产被抵消了之后,还净欠六万,然而大房二房也只得就此算了,因为他是一无所有的人。他所仅有的那一幢花园洋房,他为一个姨太太买了,也已经抵押了出去。其余只有老太太陪嫁过来的首饰,由兄弟三人均分,季泽的那一份也不便充公,因为是母亲留下的一点纪念。七巧突然叫了起来道:“九老太爷,那我们太吃亏了!”

堂屋里本来就肃静无声,现在这肃静却是沙沙有声,直锯进耳朵里去,像电影配音机器损坏之后的锈轧。九老太爷睁了眼望着她道:“怎么?你连他娘丢下的几件首饰也舍不得给他?”七巧道:“亲兄弟,明算账,大哥大嫂不言语,我可不能不老着脸开口说句话。我须比不得大哥大嫂——我们死掉的那个若是有能耐出去做两任官,手头活便些，我也乐得放大方些，哪怕把从前的旧账一笔勾销呢？可怜我们那一个病病哼哼一辈子，何尝有过一文半文进账，丢下我们孤儿寡妇，就指着这两个死钱过活。我是个没脚蟹，长白还不满十四岁，往后苦日子有得过呢!"说着，流下眼泪。九老太爷道："依你便怎样?"七巧呜咽道："哪儿由得我出主意呢？只求九老太爷替我们做主!"季泽冷着脸只不作声，满屋子的人都觉不便开口。九老太爷按捺不住一肚子的火，哼了一声道："我倒想替你出主意呢，只怕你不爱听！二房里有田地没人照管，三房里有人没地，我待要叫三爷替你照管，你多少贴他些，又怕你不要他!"七巧冷笑道："我倒想依你呢，只怕死掉的那个不依！来人哪！祥云你把白哥儿给我找来！长白！你爹好苦呀！一下地就是一身的病，为人一场，一天舒坦日子也没过着，临了丢下你这点骨血，人家还看不得你，千方百计图谋你的东西！长白谁叫你爹拖着一身病，活着人家欺负他，死了人家欺负他的孤儿寡妇！我还不打紧，我还能活个几十年么？至多我到老太太灵前把话说明白了，把这条命跟人拼了。长白你可是年纪小着呢，就是喝西北风你也得活下去呀!"九老太爷气得把桌子一拍道："我不管了！是你们求爹爹拜奶奶邀了我来的，你道我喜欢自找麻烦么?"站起来一脚踢翻了椅子，也不等人搀扶，一阵风走得无影无踪。众人面面相觑，一个个悄没声儿溜走了。唯有那马师爷忙着拾掇账簿子，落后了一步，看看屋里人全走光了，单剩下二奶奶一个人在那里捶着胸脯号啕大哭，自己若无其事的走了，似乎不好意思，只得走上前去，打拱作揖叫道："二太太！二太太！……二太太!"七巧只顾把袖子遮住脸，马师爷又不便把她的手拿开，急得把瓜皮帽摘下来扇着汗。

维持了几天的僵局，到底还是无声无息照原定计划分了家。孤儿寡妇还是被欺负了。

　　七巧带着儿子长白，女儿长安另租了一幢屋子住下了，和姜家各房很少来往，隔了几个月，姜季泽忽然上门来了。老妈子通报上来，七巧怀着鬼胎，想着分家的那一天得罪了他，不知他有什么手段对付。只是兵来将挡，她凭什么要怕他？她家常穿着佛青实地纱袄子，特地系上一条玄色铁线纱裙，走下楼来。季泽却是满面春风地站起来问二嫂好，又问白哥儿可是在书房里，安姐儿的湿气可大好了。七巧心里便疑惑他是来借钱的，加意防备着，坐下笑道："三弟你近来又发福了。"季泽笑道："看我像一点心事都没有的人。"七巧笑道："有福之人不在忙吗！你一向就是无牵无挂的。"季泽笑道："等我把房子卖了，我还要无牵无挂呢！"七巧道："就是你做了押款的那房子，你要卖？"季泽道："当初造它的时候，很费了点心思，有许多装置都是自己心爱的，当然不愿意脱手。后来，你是知道的，那边地皮值钱了，前年把它翻造了弄堂房子，一家一家收租，跟那些住小家的打交通，我实在嫌麻烦，索性打算卖了它，图个清静。"七巧暗地里说道："口气好大！我是知道你的底细的，你在我跟前充什么阔大爷！"

　　虽然他不向她哭穷，但凡谈到银钱交易，她总觉得有点危险，便岔了开去道："三妹妹好么？腰子病近来发过没有？"季泽笑道："我也有许久没见过她的面了。"七巧道："这是什么话？你们吵了嘴么？"季泽笑道："这些时我们倒也没吵过嘴。不得已在一起说两句话，也是难得的，也没那闲情逸致吵嘴。"七巧道："何至于这样？我就不相信！"季泽两肘撑在藤椅的扶手上，交叉着十指，手搭凉棚，影子落在眼睛上，深深地唉了一声。七巧笑道："没有别的，要不就是你在外头玩得太厉害了。自己做错了事，还唉声叹气的仿佛谁害了你似的。你们姜家就没有一个好人！"说着，举起白团扇，作势要打。季泽把那交叉着的十指往下移了移。两只大拇指按在嘴唇上，两只食指缓缓抚摸着鼻梁，露出一只水汪汪的眼睛来。那眼珠却是水仙花缸底的黑石子，上面汪着水，下面冷冷的没有表情。看不出他在想什么。七巧道："我非打你不可！"季泽的眼睛里突然冒着一点笑泡儿，道："你打，你打！"七巧待要打，又掣回手去，重新一鼓作气道："我真打。"抬高了手，一扇子劈下来，又在半空中停住了，哧哧笑将起来。季泽带笑将肩膀耸了一耸，凑了上去道："你倒是打我一下罢！害得我浑身骨头痒痒着，不得劲儿！"七巧把扇子向背后一藏，越发笑得咯咯的。

季泽把椅子换了个方向，面朝墙坐着，人向椅背上一靠，双手蒙住了眼睛，又是长长地叹了口气。七巧啃着扇子柄，斜瞟着他道："你今儿是怎么了？受了暑吗？"季泽道："你那里知道？"半晌，他低低地一个字一个字说道："你知道我为什么跟家里的那个不好，为什么我拼命地在外头玩，把产业都败光了？你知道这都是为了谁？"七巧不知不觉有些胆寒，走得远远的，在炉台上，脸色慢慢地变了。季泽跟了过来。七巧垂着头，肘弯撑在炉台上，手里擎着团扇，扇子上的杏黄穗子顺着她的额角拖下来。季泽在她对面站住了，小声道："二嫂！……七巧！"

七巧背过脸去淡淡笑道："我要相信你才怪呢！"季泽便也走开了，道："不错。你怎么能够相信我？自从你到我家来，我在家一刻也待不住，只想出去。你没来的时候我并没有那么荒唐过，后来那都是为了躲你。娶了兰仙来，我更玩得凶了，为了躲你之外又要躲她。见了你，说不了两句话我就要发脾气——你那儿知道我心里的苦楚？你对我好，我心里更难受——我得管着我自己——我不能平白的坑坏了你！家里人多眼杂，让人知道了，我是个男子汉，还不打紧。你可了不得！"七巧的手真打战，扇柄上的杏黄须子在她额上苏苏摩擦着。季泽道："你信也罢！不信也罢！信了又怎样？横竖我们半辈子已经过去了，说也是白说。我只求你原谅我这一片心。我为你吃了这些苦，也就不算冤枉了。"

　　七巧低着头，沐浴在光辉里，细细的音乐，细细的喜悦……这些年了，她跟他捉迷藏似的，只是近不得身，原来还有今天！可不是，这半辈子已经完了——花一般的年纪已经过去了。人生就是这样的错综复杂，不讲理。当初她为什么嫁到姜家来？为了钱么？不是的，为了要遇见季泽，为了命中注定她要和季泽相爱。她微微抬起脸来，季泽立在她跟前，两手合在她扇子上，面颊贴在她扇子上。他也老了十年了，然而人究竟还是那个人呵！他难道是哄她么？他想她的钱——她卖掉她的一生换来的几个钱？仅仅这一转念使她暴怒起来。就算她错怪了他，他为她吃的苦抵得过她为他吃的苦么？好容易她死了心了，他又来撩拨她。她恨他。他还在看着她。他的眼睛——虽然隔了十年，人还是那个人呵！就算他是骗她的，迟一点儿发现不好么？即使明知是骗人的，他太会演戏了，也跟真的差不多罢？

　　不行！她不能有把柄落在这厮手里。姜家的人是厉害的，她的钱只怕保不住。她得先证明他是真心不是。七巧定了一定神，向门外瞥了一瞥，轻轻惊叫道："有人！"便三脚两步赶出门去，到下房里吩咐潘妈替三爷弄点心去，快些端了来，顺便带把芭蕉扇进来替三爷打扇。七巧回到屋里来，故意皱着眉道："真可恶，老妈子在门口探头探脑的，见了我抹过头去就跑，被我赶上去喝住了。若是关上了门说两句话，指不定造出什么谣言来呢？饶是独门独户住了，还没个清净。"潘妈送了点心与酸梅汤进来，七巧亲自拿筷子替季泽拣掉了蜜层糕上的玫瑰与青梅，道："我记得你是不爱吃红绿丝的。"有人在跟前，季泽不便说什么，只是微笑。七巧似乎没话找话说似的，问道："你卖房子，接洽得怎样了？"季泽一面吃，一面答道："有人出八万五，我还没打定主意呢。"七巧沉吟道："地段倒是好的。"季泽道："谁都不赞成我脱手，说还要涨呢。"七巧又问了些详细情形，便道："可惜我手头没这一笔现款，不然我倒想买。"季泽道："其实呢，我这房子倒不急，倒是咱们乡下你那些田，早早脱手的好。自从改了民国，连二连三的打仗，何尝有一年闲过？把地面上糟蹋得不成样子，中间还被收租的、师爷、地头蛇一层一层勒揩着，莫说这两年不是水就是旱，就遇着了丰收，也没有多少进账轮到我们头上。"七巧寻思着，道："我也盘算过来，一直挨着没有办。先晓得把它卖了，这会子想买房子，也不至于钱不凑手了。"季泽道："你那田要卖趁现在就得卖了，听说直鲁又要开仗了。"七巧道："急切间你叫我卖给谁去"？季泽顿了一顿道："我去替你打听打听，也成。"七巧耸了耸眉毛笑道："得了，你那些狐群狗党里头，又有谁是靠得住的？"季泽把咬开的饺子在小碟里蘸了点醋，闲闲说出两个靠得住的人名，七巧便认真仔细盘问他起来，他果然回答得有条不紊，显然他是筹之已熟的。

七巧虽是笑吟吟的，嘴里发干，上嘴唇粘在牙仁上，放不下来。

她端起盖碗来吸了一口茶，舐了舐嘴唇，突然把脸一沉，跳起身来，将手里的扇子向季泽头上滴溜溜掷过去，季泽向左偏了一偏，那团扇敲在他肩膀上，打翻了玻璃杯，酸梅汤淋淋漓漓溅了他一身。七巧骂道："你要我卖了田去买你的房子？你要我卖田？钱一经你的手，还有得说么？你哄我——你拿那样的话来哄我——你拿我当傻子——"她隔着一张桌子探身过去打他，然而她被潘妈下死劲抱住了。潘妈叫唤起来，祥云等人都奔了来，七手八脚按住了她，七嘴八舌求告着。七巧一头挣扎，一头叱喝着，然而她的一颗心直往下堕——她很明白她这举动太蠢——太蠢——她在这儿丢人出丑。

季泽脱下了他那湿濡的白香云纱长衫，潘妈绞了毛巾来代他揩擦，他理也不理，把衣服夹在手臂上竟自扬长出门去了，临行的时候向祥云道："等白哥儿下了学，叫他替他母亲请个医生来看看。"祥云吓糊涂了，连声答应着，被七巧兜脸给她一个耳刮子。

季泽走了。丫头老妈子也都给七巧骂跑了。酸梅汤沿着桌子一滴一滴朝下滴，像迟迟的夜漏——一滴，一滴……一更，二更……一年，一百年。真长，这寂寂的一刹那。七巧扶着头站着，倏地掉转身来上楼去，提着裙子，性急慌忙，跌跌绊绊，不住的撞到那阴暗的绿粉墙上，佛青袄子上沾了大块的淡色的灰。她要在楼上的窗户里再看他一眼。无论如何，她从前爱过他。她的爱给了她无穷的痛苦。单只是这一点，就使他值得留恋。多少回了，为了要按捺她自己，她进得全身的筋骨与牙根都酸楚了。今天完全是她的错。他不是个好人，她又不是不知道。她要他，就得装糊涂，就得容忍他的坏。她为什么要戳穿他？人生在世，还不就是那么一回事？归根究底，什么是真的，什么是假的？

她到了窗前，揭开了那边上缀有小绒球的墨绿洋式窗帘，季泽正在弄堂里往外走，长衫搭在臂上，晴天的风像一群白鸽子钻进他的纺绸裤褂里去，哪儿都钻到了，飘飘拍着翅子。

七巧眼前仿佛挂了冰冷的珍珠帘，一阵热风来了，把那帘子紧紧贴在她脸上，风去了，又把帘子吸了回去，气还没透过来，风又来了，没头没脸包住她——一阵凉，一阵热，她只是淌着眼泪。

玻璃窗的上角隐隐约约反映出弄堂里的一个巡警的缩小的影子，晃着膀子踱过去。一辆黄包车静静在巡警身上碾过。小孩把袍子掖在裤腰里，一路踢着球，奔出玻璃的边缘。绿色的邮差骑着自行车，复印在巡警身上，一溜烟掠过。都是些鬼，多年前的鬼，多年后的没投胎的鬼……什么是真的，什么是假的？

过了秋天又是冬天，七巧与现实失去了接触。虽然一样的使性子，打丫头，换厨子，总有些失魂落魄的。她哥哥嫂子到上海来望了她两次，住不上十来天，末了永远是给她絮叨得站不住脚，然而临走的时候她也没有少给他们东西。她侄子曹春熹上城来找事，耽搁在她家里。那春熹虽是个浑头浑脑的年轻人，却也本本分分。七巧的儿子长白，女儿长安，年纪到了十三四岁，只因身材瘦小，看上去只七八岁的光景。在年下，一个穿着品蓝摹本缎棉袍，一个穿着葱绿遍地锦棉袍，衣服太厚了，直挺挺撑开了两臂，一般都是薄薄的两张白脸，并排站着，纸糊的人儿似的。这一天午饭后，七巧还没起身，那曹春熹陪着他兄妹俩掷骰子，长安把压岁钱输光了，还不肯歇手。长白把桌上的铜板一拢，笑道"不跟你来了"。长安道："我们用糖莲子来赌。"春熹道："糖莲子揣在口袋里，看脏了衣服。"长安道："用瓜子也好，柜顶上就有一罐。"便搬过一张茶几来，踩了椅子爬上去拿。慌得春熹叫道："安姐儿你可别摔跤，回头我担不了这干系！"正说着，只见长安猛可里向后一仰，若不是春熹扶住了，早是个倒栽葱。长白在旁拍手大笑，春熹嘟嘟哝哝骂着，也撑不住要笑，三人笑成一片。春熹将她抱下地来，忽然从那红木大橱的穿衣镜里瞥见七巧蓬着头叉着腰站在门口，不觉一怔，连忙放下了长安，回身道："姑妈起来了。"七巧汹汹奔了过来，将长安向自己身后一推，长安立脚不稳，跌了一跤。七巧只顾将身子挡住了她，向春熹厉声道："我把你这狼心狗肺的东西，我三茶六饭款待你这狼心狗肺的东西，什么地方亏待了你，你欺负我女儿？你那狼心狗肺，你道我揣摩不出么？你别以为你教坏了我女儿，我就不能不捏着鼻子把她许配给你，你好霸占我们的家产！我看你这浑蛋，也还想不出这等主意来，敢情是你爹娘把着手儿教的！那两个狼心狗肺忘恩负义的老浑蛋！齐了心想我的钱，一计不成，又生一计！"春熹气得白瞪眼，欲待分辩，七巧道："你还有脸顶撞我！你还不给我快滚，别等我乱棒打出去！"说着，把儿女们推推搡搡送了出去，自己也喘吁吁扶着个丫头走了。春熹究竟年纪轻火气大，赌气卷了铺盖，顿时离了姜家的门。

　　七巧回到起坐间里，在烟榻上躺下了。屋里暗昏昏的，拉上了丝绒窗帘。时而窗户缝里漏了风进来，帘子动了，方才在那墨绿小绒球底下毛茸茸地看见一点天色，除此只有烟灯和烧红的火炉的微光。长安吃了吓，呆呆坐在火炉边一张小凳上。七巧道："你过来。"长安只道是要打，只是延挨着，搭讪把火炉边的洋铁围屏上晾着的小红格子法布衬衫翻了一翻，道："快烤糊了。"衬衫发出热烘烘的毛气。

七巧却不像要责打她的光景，只数落了一番，道："你今年过了年也有十三岁了，也该放明白些。表哥虽不是外人，天下的男子都是一样混账。你自己要晓得当心，谁不想你的钱？"一阵风过。窗帘上的绒球与绒球之间露出白色的寒天，屋子里暖热的黑暗给打上了一排小洞。烟灯的火焰往下一挫，七巧脸上的影子仿佛更深了一层。她突然坐起身来，低声道："男人……碰都碰不得！谁不想你的钱？你娘这几个钱不是容易得来的，也不是容易守得住。轮到你们手里，我可不能眼睁睁看着你们上人的当——叫你以后提防着些，你听见了没有？"长安垂着头道："听见了。"

　　七巧的一只脚有点麻，她探身去捏一捏她的脚。仅仅是一刹那，她眼睛里蠢动着一点温柔的回忆。她记起了想她的钱的一个男人。

　　她的脚是缠过的，尖尖的缎鞋里塞了棉花，装成半大的文明脚。她瞧着那双脚，心里一动，冷笑一声道："你嘴里尽管答应着，我怎么知道你心里是明白还是糊涂？你人也有这么大了，又是一双大脚，哪里去不得？我就是管得住你，也没那个精神成天看着你。按说你今年十三了，裹脚已经嫌晚了，原怪我耽误了你。马上这就替你裹起来，也还来得及。"长安一时答不出话来，倒是旁边的老妈子们笑道："如今小脚不时兴了，只怕将来给姐儿定亲的时候麻烦。"七巧道："没的扯淡！我不愁我的女儿没人要，不劳你们替我担心！真没人要，养活她一辈子，我也还养得起！"当真替长安裹起脚来，痛得长安鬼哭神号的。这时连姜家这样守旧的人家，缠过脚的也都已经放了脚了，别说是没缠过的，因此都拿长安的脚传作笑话奇谈。裹了一年多，七巧一时的兴致过去了，又经亲戚们劝着，也就渐渐放松了，然而长安的脚可不能完全恢复原状了。

姜家大房三房里的儿女都进了洋学堂读书，七巧处处存心跟他们比赛着，便也要送长白去投考。长白除了打小牌之外，只喜欢跑跑票房，正在那里朝夕用功吊嗓子，只怕进学校要耽搁了他的功课，便不肯去。七巧无奈，只得把长安送到沪范女中，托人说了情，插班进去。长安换上了蓝爱国布的校服，不上半年，脸色也红润了，胳膊腿腕也粗了一圈。住读的学生洗换衣服，照例是送到学校里包着的洗衣作里去的。长安记不清自己的号码，往往失落了枕套手帕种种零件，七巧便闹着说要去找校长说话。这一天放假回家，检点了一下，又发现有一条褥单是丢了。七巧暴跳如雷，准备明天亲自上学校去大兴问罪之师。长安着了急，拦阻了一声，七巧便骂道："天生的败家精，拿你娘的钱不当钱，你娘的钱是容易得来的？——将来你出嫁，你看我有什么陪送给你！——给也是白给！"长安不敢作声，却哭了一个晚上。她不能在她的同学面前丢这个脸。对于十四岁的人，那似乎有天大的重要。她母亲去闹这一场，她以后拿什么脸去见人？她宁死也不到学校里去了。她的朋友们，她所喜欢的音乐教员，不久就会忘记了有这么一个女孩子，来了半年，又无缘无故悄悄地走了。走得干净。她觉得这牺牲是一个美丽的，苍凉的手势。

　　半夜里她爬下床来，伸手到窗外试试，漆黑的，是下了雨么？没有雨点。她从枕头边摸出一只口琴，半蹲半坐在地上，偷偷吹了起来。犹疑地，Long Long Ago 的细小的调子在庞大的夜里袅袅漾开。不能让人听见了。为了竭力按捺着，那呜呜的口琴忽断忽续，如同婴儿的哭泣。她接不上气来，歇了半响。窗格子里，月亮从云里出来了。墨灰的天，几点疏星，模糊的缺月，像石印的图画，下面白云蒸腾，树顶上透出街灯淡淡的圆光。长安又吹起口琴。"告诉我那故事，往日我最心爱的那故事，许久以前，许久以前……"

第二天她大着胆子告诉母亲："娘，我不想念下去了。"七巧睁着眼道："为什么?"长安道："功课跟不上，吃的也太苦了，我过不惯。"七巧脱下一只鞋来，顺手将鞋底抽了她一下，恨道："你爹不如人，你也不如人? 养下你来又不是个十不全，就不肯替我争口气!"长安反剪着一双手，垂着眼睛，只是不言语。旁边老妈子们便劝道："姐儿也大了，学堂里人杂，的确有些不方便。其实不去也罢了。"七巧沉吟道："学费总得想法子拿回来。白便宜了他们不成?"便要领了长安一同去索讨，长安抵死不肯去，七巧带着两个老妈子去了一趟回来了，据她自己铺叙，钱虽然没收回来，却也着实羞辱了那校长一场。长安以后在街上遇着了同学，脸上红一阵白一阵，无地自容，只得装作不看见，急急走了过去。朋友寄了信来，她拆也不敢拆，原封退了回去。她的学校生活就此告一结束。

有时她也觉得牺牲得有点不值得，暗自懊悔着，然而也来不及挽回了。她渐渐放弃了一切上进的思想，安分守己起来。她学会了挑是非，使小坏，干涉家里的行政，她不时的跟母亲怄气，可是她的言谈举止越来越像她母亲了。每逢她单叉着裤子，撘开了两腿坐着，两只手按在胯间露出的凳子上，歪着头，下巴搁在心口上，凄凄惨惨瞅住了对面的人说道："一家有一家的苦处呀，表嫂——一家有一家的苦处!"——谁都说她是活脱的一个七巧。她打了一根辫子，眉眼的紧俏有似当年的七巧，可是她的小小的嘴过于瘪进去，仿佛显老一点。她再年轻些也不过是一棵较嫩的雪里蕻——盐腌过的。

也有人来替她做媒。若是家境推板一点的，七巧总疑心人家是贪她们的钱。若是那有财有势的，对方却又不十分热心，长安不过是中等姿色，她母亲出身既低，又有个不贤惠的名声，想必没有什么家教。因此高不成，低不就，一年一年耽搁了下去。那长白的婚事却不容耽搁。长白在外面赌钱，捧女戏子，七巧还没甚话说，后来渐渐跟着他三叔姜季泽逛起窑子来，七巧方才着了慌，手忙脚乱替他定亲，娶了一个袁家的小姐，小名芝寿。

　　行的是半新式的婚礼，红色盖头是蠲免的，新娘戴着蓝眼镜，粉红喜纱，穿着粉红彩绣裙袄。进了洞房，除去了眼镜，低着头坐在湖色帐幔里。闹新房的人围着打趣，七巧只看了一看便出来了。长安在门口赶上了她，悄悄笑道："皮色倒还白净，就是嘴唇太厚了些。"七巧把手撑着门，拔下一只金挖耳来搔搔头，冷笑道："还说呢！你新嫂子这两片嘴唇，切切倒有一大碟子。"旁边一个太太便道："说是嘴唇厚的人天性厚哇！"七巧哼了一声，将金挖耳指住了那太太，倒剔起一只眉毛，歪着嘴微微一笑道："天性厚，并不是什么好话。当着姑娘们，我也不便多说——但愿咱们白哥儿这条命别送在她手里！"七巧天生着一副高爽的喉咙，现在因为苍老了一些，不那么尖了，可是扁扁的依旧四面刮得人疼痛，像剃刀片。这两句话，说响不响，说轻也不轻。人丛里的新娘子的平板的脸与胸震了一震——多半是龙凤烛的火光的跳动。

　　三朝过后，七巧嫌新娘子笨，诸事不如意，每每向亲戚们诉说着。便有人劝道："少奶奶年纪轻，二嫂少不得要费点心教导教导她。谁叫这孩子没心眼儿呢！"七巧啐道："你别瞧咱们新少奶奶老实呀——一见了白哥儿，她就得去上马桶！真的！你信不信？"这话

050

传到芝寿耳朵里，急得芝寿只待寻死。然而这还是没满月的时候，七巧还顾些脸面，后来索性这一类的话当着芝寿的面也说了起来，芝寿哭也不是，笑也不是，若是木着脸装听不见，七巧便一拍桌子嗟叹起来道："在儿子媳妇手里吃口饭，可真不容易！动不动就给人脸子看！"

这天晚上，七巧躺着抽烟，长白盘踞在烟铺跟前的一张沙发椅上嗑瓜子，无线电里正唱着一出冷戏，他捧着戏考，一个字一个字跟着哼，哼上了劲，甩过一条腿去骑在椅背上，来回摇着打拍子。七巧伸过腿去踢了他一下道："白哥儿你来替我装两筒。"长白道："现放着烧烟的，偏要支使我！我手上有蜜是怎么着？"说着，伸了个懒腰，慢腾腾移身坐到烟灯前的小凳上，卷起了袖子。七巧笑道："我把你这不孝的奴才！支使你，是抬举你！"她眯缝着眼望着他。这些年来她的生命里只有这一个男人。只有他，她不怕他想她的钱——横竖钱都是他的。可是因为他是她的儿子，他这一个人还抵不了半个……现在，就连这半个人也保留不住——他娶了亲。他是个瘦小白皙的年青人，背有点驼，戴着金丝眼镜，有着工细的五官，时常茫然地微笑着，张着嘴，嘴里闪闪发着光的不知道是太多的唾沫水还是他的金牙。他敞着衣领，露出里面的珠羔里子和白小褂。七巧把一只脚搁在他肩膀上，不住的轻轻踢着他的脖子，低声道："我把你这不孝的奴才！打几时起变得这么不孝了？"长安在旁笑道："娶了媳妇忘了娘吗！"七巧道："少胡说！我们白哥儿倒不是那们样的人！我也养不出那们样的儿子！"长白只是笑。七巧斜着眼看定了他，笑道："你若还是我从前的白哥儿，你今儿替我烧一夜的烟！"长白笑道："那可难不倒我！"七巧道："盹着了，看我捶你！"

起坐间的帘子撤下送去洗濯了。隔着玻璃窗望出去，影影绰绰乌云里有个月亮，一搭黑，一搭白，像个戏剧化的狰狞的脸谱。一点，一点，月亮缓缓地从云里出来了，黑云底下透出一线炯炯的光，是面具底下的眼睛。天是无底洞的深青色。久已过了午夜了。长安早去睡了，长白打着烟泡，也前仰后合起来。七巧掛了杯浓茶给他，两人吃着蜜饯糖果，讨论着东邻西舍的隐私。七巧忽然含笑问道："白哥儿你说，你媳妇儿好不好？"长白笑道："这有什么可说的？"七巧道："没有可批评的，想必是好的了？"长白笑着不作声。七巧道："好，也有个怎么个好呀！"长白道："谁说她好来着？"七巧道："她不好，哪一点不好？说给娘听。"长白起初只是含糊对答，禁不起七巧再次盘问，只得吐露一二。旁边递茶递水的老妈子们都背过脸去笑得咯咯的，丫头们都掩着嘴忍着笑回避出去了。七巧又是咬牙，又是笑又是喃喃咒骂，卸下烟斗来狠命磕里面的灰，敲得托托一片响。长白说溜了嘴，止不住要说下去，足足说了一夜。

　　次日清晨，七巧吩咐老妈子取过两床毯子来打发哥儿在烟榻上睡觉，这时芝寿也已经起了身，过来请安。七巧一夜没合眼，却是精神百倍，邀了几家女眷来打牌，亲家母也在内。在麻将桌上一五一十将她儿子亲口招供的她媳妇的秘密宣布了出来，略加渲染，越发有声有色。众人竭力地打岔，然而说不上两句闲话，七巧笑嘻嘻的转了个弯，又回到她媳妇身上来了。逼得芝寿的母亲脸皮紫胀，也无颜再见女儿，放下牌，乘了包车回去了。

　　七巧接连着教长白为她烧了两晚上的烟。芝寿直挺挺躺在床上，搁在肋骨上的两只手蜷曲着像死去的鸡的脚爪。她知道她婆婆又在那里盘问她丈夫，她知道她丈夫又在那里叙说一些什么事，可是天知道他还有什么新鲜的可说！明天他又该涎着脸到她跟前来了。也许他早料到她会把满腔的怨毒都结在他身上，就算她没本领跟他拼命，至不济也得质问他几句，闹上一场。多半他准备先声夺人，借酒盖住了脸，找点碴子，摔上两件东西。她知道他的脾气。末后他会坐到床沿上来，耸起肩膀，伸手到白绸小褂里面去抓痒，出人意料之外地一笑。他的金丝眼镜上抖动着一点光，他嘴里抖动着一点光，不知道是唾沫还是金牙。他摘去了他的眼镜。……芝寿猛然坐起来，哗啦揭开了帐子。这是个疯狂的世界。丈夫不像个丈夫，婆婆不像个婆婆。不是他们疯了，就是她疯了。今天晚上的月亮比哪一天都好，高高的一轮满月，万里无云，像是漆黑的天上一个白太阳。遍地的蓝影子，帐顶上也是蓝影子，她的一双脚也在那死寂的蓝影子里。

芝寿待要挂起帐子来，伸手去摸索帐钩，一只手臂吊在那铜钩上，脸偎住了肩膀，不由得就抽噎起来。帐子自动的放了下来。昏暗的帐子里除了她之外没有别人，然而她还是吃了一惊，仓皇地再度挂起了帐子。窗外还是那使人汗毛凛凛的反常的明月——漆黑的天上一个灼灼的小而白的太阳。屋里看得分明那玫瑰紫绣花椅披桌布，大红平金五凤齐飞的围屏，水红软缎对联，绣着盘花篆字。梳妆台上红绿丝网络着银粉缸、银漱盂、银花瓶，里面满满盛着喜果。帐檐下垂下五彩攒金绕绒花球、花盆、如意、粽子，下面滴溜溜坠着指头大的琉璃珠和尺来长的桃红穗子。偌大一间房里充塞着箱笼、被褥、铺陈，不见得她就找不出一条汗巾子来上吊。她又倒到床上去。月光里，她的脚没有一点血色——青、绿、紫，冷去的尸身的颜色。她想死，她想死。她怕这月亮光，又不敢开灯。明天她婆婆会说："白哥儿给我多烧了两口烟，害得我们少奶奶一宿没睡觉，半夜三更点着灯等他回来——少不了他吗！"芝寿的眼泪顺着枕头不停地流。她不用手帕去擦眼睛，擦肿了，她婆婆又该说了："白哥儿一晚上没回房睡觉，少奶奶就把眼睛哭得桃儿似的！"

七巧虽然把儿子媳妇描摹成这样热情的一对，长白对于芝寿却不甚中意，芝寿也把长白恨得牙痒痒的。夫妻不和，长白渐渐又往花街柳巷里走动。七巧把一个丫头绢儿给了他做小，还是牢笼不住他。七巧又变着方儿哄他吃烟。长白一向就喜欢玩两口，只是没上瘾，现在吸得多了，也就收了心不大往外跑了，只在家守着母亲与新姨太太。

他妹子长安二十岁那年生了痢疾，七巧不替她延医服药，只劝她抽两筒鸦片，果然减轻了不少痛苦。病愈之后，也就上了瘾。那长安更与长白不同，未出阁的小姐，没有其他的消遣，一心一意地抽烟，抽的倒比长白还要多，也有人劝阻，七巧道："怕什么！莫说我们姜家还吃得起，就是我今天卖了两顷地给她们姐儿俩抽烟，又有谁敢放半个屁？姑娘赶明儿聘了人家，少不得有她这一份嫁妆。她吃自己的，喝自己的，姑爷就是舍不得，也只好干望着她罢了！"

话虽如此说，长安的婚事毕竟受了点影响。来做媒的本来就不十分踊跃，如今竟绝迹了。长安到了近三十的时候，七巧见女儿注定了是要做老姑娘的了，便又换了一种论调，道："自己长得不好，嫁不掉，还怨我做娘的耽搁了她！成天挂搭着个脸，倒像我该她二百钱似的。我留她在家里吃一碗闲茶闲饭，可没打算留她在家里给我气受！"

姜季泽的女儿长馨过二十岁生日，长安去给她堂房妹子拜寿。

那姜季泽虽然穷了，幸喜他交游广阔，手里还算兜得转。长馨背地里向她母亲道："妈想法子给安姐姐介绍个朋友罢，瞧她怪可怜的。还没提起家里的情形，眼圈儿就红了。"兰仙慌忙摇手道："罢！罢！这个媒我不敢做！你二妈那脾气是好惹的？"长馨年少好事，哪里理会得？歇了些时，偶然与同学们说起这件事，恰巧那同学有个表叔新从德国留学回来，也是北方人，仔细攀认起来，与姜家还沾着点老亲。那人名唤童世舫，叙起来比长安略大几岁。长馨竟自作主张，安排了一切，由那同学的母亲出面请客。长安这边瞒得家里铁桶相似。

七巧身子一向硬朗，只因她媳妇芝寿得了肺痨，七巧嫌她乔张做致，吃这个，吃那个，累又累不得，比寻常似乎多享了一些福，自己一赌气便也病了。起初不过是气虚血亏，却也将合家支使得团团转，哪儿还能够兼顾到芝寿？后来七巧认真得了病，卧床不起，越发鸡犬不宁。长安乘乱里便走开了，把裁缝唤到她三叔家里，由长馨出主意替她制了新装。赴宴的那天晚上，长馨先陪她到理发店去用钳子烫了头发，从天庭到鬓角一路密密地贴着细小的发圈。耳朵上戴了二寸来长的玻璃翠宝塔坠子，又换上了苹果绿乔琪纱旗袍，高领圈，荷叶边袖子，腰以下的是半西式的百褶裙。一个小大姐蹲在地上为她扣揪钮，长安在穿衣镜里端详着自己，忍不住将两臂虚虚地一伸，裙子一踢，摆了一个葡萄仙子的姿势，一扭头笑了起来道："把我打扮得天女散花似的！"长馨在镜子里向那个小大姐做了个眉眼，两人不约而同也都笑了起来。长安妆罢，便向高椅上端端正正坐下了。长馨道："我去打电话叫车。"长安道："还早呢！"长馨看了看表："约的是八点，已经八点过五分了。"长安道："晚个半个钟头，想必也不碍事。"长馨猜她是存心要搭点架子，心中又好气又好笑，打开银丝手提包来检点了一下，借口说忘了带粉镜子，径自走到她母亲屋里来，如此这般告诉了一遍，又道："今儿又不是姓童的请客，她这架子是冲着谁搭的？我也懒得去劝她，由她挨到明儿早上去，也不干我事。"兰仙道："瞧你这糊涂！人是你约的，媒是你做的，你怎么卸得了这干系？我埋怨过你多少回了——你早该知道了，安姐儿就跟她娘一样的小家子气，不上台盘。待会儿出乖露丑的，说起来是你姐姐，你丢人也是活该，谁叫你把这些是是非非，揽上身来，敢是闲疯了？"长馨咕嘟着嘴在她母亲屋里坐了半晌，兰仙笑道："看这情形，你姐姐是等着人催请呢。"长馨道："我才不去催她呢！"兰仙道："傻丫头，要你催，中什么用？她等着那边来电话哪！"长馨失声笑道："又不是新娘子，要三请四催的，逼着上轿！"兰仙道："好歹你打个电话到饭店里去，叫他们打个电话来，不就结了？快九点了，再挨下去，事情可真要崩了！"长馨只得依言做去，这边方才动了身。

　　长安在汽车里还是兴兴头头，谈笑风生的，到了菜馆子里，突然矜持起来，跟在长馨后面，悄悄掩进了房间，怯怯地褪去了苹果绿鸵鸟毛斗篷，低头端坐，拈了一只杏仁，每隔两分钟轻轻啃去了十分之一，缓缓咀嚼着。她是为了被看而来的。她觉得她浑身的装束，无懈可击，任凭人家多看两眼也不妨事，可是她身体完全是多余的，缩也没处缩，她始终缄默着，吃完了一顿饭。等着上甜菜的时候，长馨把她拉到窗子跟前去观看街景，又托故走开了，那童世舫便踱到窗前，问道："姜小姐这儿来过吗？"长安细声道："没有。"童世舫道："我也是第一次，菜倒是不坏，可是我还是吃不大惯。"

长安道："吃不惯?"世舫道："可不是! 外国菜比较清淡些,中国菜要油腻得多。刚回来,连着几天亲戚朋友们接风,很容易的就吃坏了肚子。"长安反复地看她的手指,仿佛一心一意要数数一共有几个指纹是螺形,几个是畚箕……

玻璃窗上面,没来由开了小小的一朵霓虹灯的花——对过一家店面里反映过来的,绿心红瓣,是尼罗河祀神的莲花,又是法国王室的百合徽章……

世舫多年没见过故国的姑娘,觉得长安很有点楚楚可怜的韵致,倒有几分欢喜,他留学以前早就定了亲,只因他爱上了一个女同学,抵死反对家里的亲事,路远迢迢,打了无数的笔墨官司,几乎闹翻了脸,他父母曾经一度断绝了他的接济,使他吃了不少的苦,方才依了他,解了约。不幸他的女同学别有所恋,抛下了他,他失意之余,倒埋头读了七八年的书。他深信妻子还是旧式的好,也是由于反应作用。

和长安见了这一面后,两下里都有了意。长馨想着送佛送到西天,自己再热心些,也没有资格出来向长安的母亲说话,只得央及兰仙。兰仙执意不肯道:"你又不是不知道,你爹跟你二妈仇人似的,向来是不见面的。我虽然没跟她红过脸,再好些也有限,何苦去自讨没趣?"长安见了兰仙,只是垂泪,兰仙却不过情面,只得答应去走一遭。妯娌相见,问候了一番,兰仙便说明来意。七巧初听见了,倒也欣然,因道:"那就拜托了三妹妹罢! 我病病哼哼的,也管不得了,偏劳了三妹妹。这丫头就是我的一块心病。我做娘的也不能说是对不起她了,行的是老法规矩,我替她裹脚;行的是新派规矩,我送她上学堂——还要怎么着? 照我这样扒心扒肝调理出来的人，只要她不疤不麻不瞎，还会没人要吗？怎奈这丫头天生的是扶不起来的阿斗，恨得我只嚷嚷：多咱我一闭眼去了，男婚女嫁，听天由命罢！"

当下议妥了，由兰仙请客，两方面相亲。长安与童世舫只做没见过面模样，又会晤了一次。七巧病在床上，没有出场，因此长安便风平浪静地订了婚。在筵席上，兰仙与长馨强拉着长安的手，递到童世舫手里，世舫当众替她套上了戒指。女家也回了礼，文房四宝虽然免了，却用新式的丝绒文具盒来代替，又添上了一只手表。

订婚之后，长安遮遮掩掩竟和世舫单独出去了几次。晒着秋天的太阳，两人并排在公园里走着，很少说话，眼角里带着一点对方的衣服与移动着的脚，女子的粉香，男子的淡巴菰气，这单纯而可爱的印象便是他们身边的栏杆，栏杆把他们与众人隔开了。空旷的绿草地上，许多人跑着、笑着、谈着，可是他们走的是寂寂的绮丽的回廊——走不完的寂寂的回廊。不说话，长安并不感到任何缺陷。她以为新式的男女间的交际也就"尽于此矣"。童世舫呢，因为过去的痛苦的经验，对于思想的交换根本抱着怀疑的态度。有个人在身边，他也就满足了。从前，他顶讨厌小说上的男人，向女人要求同居的时候，只说："请给我一点安慰。"安慰纯粹是精神上的，这里却做了肉欲的代名词。但是他现在知道精神与物质的界限不能分得这么清。言语究竟没有用。久久的握着手，就是较妥协的安慰，因为会说话的人很少，真正有话说的人还要少。

有时在公园里遇着了雨，长安撑起了伞，世舫为她擎着。隔着半透明的蓝绸伞，千万粒雨珠闪着光，像一天的星。一天的星到处跟着他们，在水珠银烂的车窗上，汽车驰过了红灯、绿灯，窗子外营营飞着一颗红的星，又是一颗绿的星。

长安带了点星光下的乱梦回家来，人变得异常沉默了，时时微笑着。七巧见了，不由得有气，便冷言冷语道："这些年来，多多怠慢了姑娘，不怪姑娘难得开个笑脸。这下子跳出了姜家的门，趁了心愿了，再快活些，可也别这么摆在脸上呀——叫人寒心！"依着长安素日的性子，就要回嘴，无如长安近来像换了个人似的，听了也不计较，自顾自努力去戒烟。七巧也奈何她不得。

长安订婚那天，大奶奶玳珍没去，隔了些天来补道喜。七巧悄悄唤了声大嫂，道："我看咱们还得在外头打听打听哩，这事可冒失不得！前天我耳朵里仿佛刮着一点，说是乡下有太太，外洋还有一个。"玳珍道："乡下的那个没过门就退了亲。外洋那个也是这样，说是做了几年的朋友了，不知怎么又没成功。"七巧道："那还有个为什么？男人的心，说声变，就变了，他连三媒六聘的还不认账，何况那不三不四的歪辣货？知道他在外洋还有旁人没有？我就只这一个女儿，可不能糊里糊涂断送了她的终身，我自己是吃过媒人的苦的！"

长安坐在一旁用指甲去掐手掌心，手掌心掐红了，指甲却挣得雪白。七巧一抬眼望见了她，便骂道："死不要脸的丫头，竖着耳朵听呢！这话是你听得的么？我们做姑娘的时候，一声提起婆婆家，来不迭的躲开了。你姜家枉为世代书香，只怕你还要到你开麻油店的外婆家去学点规矩哩！"长安一头哭一头奔了出去。七巧拍着枕头嗐了一声道："姑娘急着要嫁，叫我也没法子。腥的臭的往家里拉。名为是她三婶给找的人，其实不过是拿她三婶做个幌子。多半是生米煮成了熟饭了，这才挽了三婶出来做媒。大家齐打伙儿糊弄我一个人……糊弄着也好！说穿了，叫做娘的做哥哥的脸儿往哪儿去放？"

又一天，长安托词溜了出去，回来的时候，不等七巧查问，待要报告自己的行踪，七巧叱道："得了，得了，不说两句罢！在我面前糊什么鬼？有朝一日你让我抓着了真凭实据——哼！别以为你大了，定了亲了，我打不得你了！"长安急了道："我给馨妹妹送鞋样子去，犯了什么法了？娘不信，娘问三婶去！"七巧道："你三婶替你寻了个汉子来，就是你的重生父母，再养爹娘！也没见你这样的轻骨头！……一转眼就不见你的人了。你家里供养你这些年，就只差买个小厮来伺候你，哪一处对你不住了，你在家里一刻也坐不稳？"长安红了脸，眼泪直掉下来。七巧缓过一口气来，又道："当初多少好的都不要，这会子去嫁个不成器的人，人家拣剩下来的，岂不是自己打嘴？他若是个人，怎么活到三十来岁，漂洋过海，跑上十万里地，一房老婆还没弄到手？"

然而长安一味的执迷不悟。因为双方的年纪都不小了，订了婚不上几月，男方便托了兰仙来议定婚期。七巧指着长安道："早不嫁，迟不嫁，偏赶着这两年钱不凑手！明年若是田上收成好些，嫁妆也还整齐些。"兰仙道："如今新式结婚，倒也不讲究这些了，就照新派办法，省着点也好。"七巧道："什么新派旧派？旧派无非排场大些，新派实惠些，一样还是娘家的晦气！"兰仙道："二嫂看着办就是了，难道安姐儿还会争多论少不成？"一屋子的人全笑了，长安也不觉微微一笑。七巧破口骂道："不害臊！你是肚子里有了搁不住的东西是怎么着？火烧眉毛，等不及的要过门！嫁妆也不要了——你情愿，人家倒许不情愿呢？你就拿准了他是图你的人？你好不自量。你有哪一点叫人看得上眼？趁早别自骗自了！姓童的还不是看上了姜家的门第！别瞧你们家轰轰烈烈，公侯将相的，其实全不是那么回事！早就是外强中干，这两年连空架子也撑不起了。人呢，一代坏似一代，眼里哪儿还有天地君亲？少爷们是什么都不懂，小姐们就知道霸钱要男人——猪狗都不如！我娘家当初千不该万不该跟姜家结了亲，坑了我一世，我待要告诉那姓童的趁早别像我似的上了当！"

自从吵闹过这一番，兰仙对于这头亲事便洗手不管了。七巧的病渐渐痊愈，略略下床走动，便逐日骑着门坐着，遥遥向长安屋里叫喊道："你要野男人你尽管去找，只别把他带上门来认我做丈母娘，活活的气死了我！我只图个眼不见，心不烦。能够容我多活两年，便是姑娘的恩典了！"颠来倒去几句话，嚷得一条街上都听得见。亲戚丛中自然更将这事沸沸扬扬传了开去。

七巧把长安唤到跟前，忽然滴下泪来道："我的儿，你知道外头人把你怎么长怎么短糟蹋得一个钱也不值！你娘自从嫁到姜家来，上上下下谁不是势利的，狗眼看人低，明里暗里我不知受了他们多少气。就连你爹，他有什么好处到我身上，我要替他守寡？我千辛万苦守了这二十年，无非是指望你姐儿俩长大成人，替我争回一点面子来。不承望今日之下，只落得这等的收场！"说着，呜咽起来。

长安听了这话，如同轰雷掣顶一般。她娘尽管把她说得不成人，外头人尽管把她说得不成人，她管不了这许多。唯有童世舫——他——他该怎么想？他还要她么？上次见面的时候，他的态度有点改变么？很难说……她太快乐了，小小的不同的地方她不会注意到……被戒烟期间身体上的痛苦与这种种刺激两面夹攻着，长安早就有点受不了，可是硬撑着也就撑了过去，现在她突然觉得浑身的骨骼都脱了节。向他解释么？他不比她的哥哥，他不是她母亲的儿女，他绝不能彻底明白她母亲的为人。他果真一辈子见不到她母亲，倒也罢了，可是他迟早要认识七巧。这是天长地久的事，只有千年做贼的，没有千年防贼的——她知道她母亲会放出什么手段来？迟早要出乱子，迟早要决裂。这是她生命里顶完美的一段，与其让别人给它加上一个不堪的尾巴，不如她自己早早结束了它。一个美丽而苍凉的手势……她知道她会懊悔的，然而她抬了抬眉毛，做出不介意的样子，说道："既然娘不愿意结这头亲，我去回掉他们就是了。"七巧正哭着，忽然住了声，停了停，又抽搭抽搭哭了起来。

长安定了一定神，就去打了个电话给童世舫。世舫当天没有空，约了明天下午。长安所最怕的就是中间隔的这一晚，一分钟，一刻，一刻，啃进她心里去。次日，在公园里的老地方，世舫微笑着迎上前来，没跟她打招呼——这在他是一种亲昵的表示。他今天仿佛是特别得注意她，并肩走着的时候，屡屡地望着她的脸。太阳煌煌地照着，长安越发觉得眼皮肿得抬不起来了。趁他不在看她的时候把话说了罢。她用哭哑了的喉咙轻轻唤了一声"童先生"。世舫没听见。那么，趁他看她的时候把话说了罢。她诧异她脸上还带着点笑，小声道："童先生，我想——我们的事也许还是——还是再说罢。对不起得很。"她褪下了戒指来塞在他手里，冷涩的戒指，冷湿的手。她放快了步子走去，他愣了一会，便追上来，问道："为什么呢？对于我有不满意的地方么？"长安笔直向前望着，摇了摇头。世舫道："那么，为什么呢？"长安道："我母亲……"世舫道："你母亲并没看见过我。"长安道："我告诉过你了，不是因为你。与你完全没关系。我母亲……"世舫站定了脚。这在中国是很充分的理由了罢？他这么略一踌躇，她已经走远了。

园子在深秋的日头里晒了一上午又一下午，像烂熟的水果一般，往下坠着，坠着，发出香味来。长安悠悠忽忽听见了口琴的声音，迟钝地吹出了"Long Long Ago"——"告诉我那故事，往日我最心爱的那故事。许久以前，许久以前……"这是现在，一转眼就变了许久以前了，什么都完了。长安着了魔似的，去找那吹口琴的人——去找她自己。迎着阳光走着。走到树底下，一个穿着黄短裤的男孩骑在树桠枝上颠颠着，吹着口琴，可是他吹的是另一个调子，她从来没听见过的。不大的一棵树，稀稀朗朗的梧桐叶在太阳里摇着像金的铃铛。长安仰面看着，眼前一阵黑，像骤雨似的，泪珠一串串地披了一脸，世舫找到了她，在她身边悄悄站了半晌，方道："我尊重你的意见。"长安举起了她的皮包来遮住了脸上的阳光。

他们继续来往了一些时。世舫要表示新人物交女朋友的目的不仅限于择偶，因此虽然与长安解除了婚约，依旧常常地邀她出去。至于长安呢，她是抱着什么样的矛盾的希望跟着他出去，她自己也不知道——知道了也不肯承认。订着婚的时候，光明正大地一同出去，尚且要瞒了家里，如今更成了幽期密约了。世舫的态度始终是坦然的。固然，她略略伤害了他的自尊心，同时他对于她多少也有点惋惜，然而"大丈夫何患无妻？"男子对于女子最隆重的赞美是求婚。他割舍了他的自由，送了她这一份厚礼，虽然她是"心领璧还"了，他可是尽了他的心。这是惠而不费的事。

无论两人之间的关系是怎样的微妙而尴尬，他们认真地做起朋友来了。他们甚至谈起话来。长安的没见过世面的话每每使世舫笑起来，说："你这人真有意思！"长安渐渐地也发现她自己原来是个"很有意思"的人。这样下去，事情会发展到什么地步，连世舫自己也会惊奇。

然而风声吹到七巧的耳朵里。七巧背着长安吩咐长白下帖子请童世舫吃便饭。世舫猜着姜家是要警告他一声，不准他和他们小姐藕断丝连，可是他同长白在那阴森高敞的餐室里吃了两盅酒，说了一回话，天气，时局，风土人情，并没有一个字沾到长安身上。冷盘撒了下来，长白突然手按着桌子站了起来。世舫回过头去，只见门口背着光立着一个小身材的老太太，脸看不清楚，穿一件青灰团龙宫织缎袍，双手捧着大红热水袋，身边夹峙着两个高大的女仆。门外日色昏黄，楼梯上铺着湖绿花格子漆布地衣，一级一级上去，通入没有光的所在。世舫直觉地感到那是个疯人——无缘无故的，他只是毛骨悚然，长白介绍道："这就是家母。"

世舫挪开椅子站起来，鞠了一躬。七巧将手搭在一个佣妇的胳膊上，款款走了进来，客套了几句，坐下来便敬酒让菜。长白道："妹妹呢？来了客，也不帮着张罗张罗。"七巧道："她再抽两筒就下来了。"世舫吃了一惊，睁眼望着她。七巧忙解释道："这孩子就苦在先天不足，下地就得给她喷烟。后来也是为了病，抽上了这东西。小姐家，够多不方便哪，也不是没有戒过，身子又娇，又是由着性儿惯了的，说丢，哪儿就丢得掉呢！戒戒抽抽，这也有十年了。"世舫不由得变了色。七巧有一个疯子的审慎与机智。她知道，一不留心，人们就会嘲笑的，不信任的眼光截断了她的话锋，她已经习惯了那种痛苦。她怕话说多了要被人看穿了。因此及早止住了自己，忙着添酒布菜。隔了些时，再提起长安的时候，她还是轻描淡写地把那几句话重复了一遍。她那平扁而尖利的喉咙是四面割着人的剃刀片。

长安悄悄地走下楼来，玄色花绣鞋与白丝袜停留在日色昏黄的楼梯上。停了一会，又上去了，一级一级，走进没有光的所在。

七巧道："长白你陪童先生多喝两杯，我先上去了。"用人端上一品锅来，又换上了新烫的竹叶青。一个丫头慌里慌张站在门口将席上伺候的小厮唤了出去。叽咕了一会，那小厮又进来向长白附耳说了几句，长白仓皇起身，向世舫连连道歉，说："暂且失陪，我去去就来。"三脚两步也上楼去了。只剩下世舫一人独酌。那小厮也觉过意不去，低低地告诉了他："我们绢姑娘要生了。"世舫道："绢姑娘是谁?"小厮道："是少爷的姨奶奶。"

世舫拿上饭来胡乱吃了两口，不便放下碗来就走，只得坐在花梨炕上等着，酒酣耳热。忽然觉得异常的委顿，便躺了下来。卷着云头的花梨炕，冰凉的黄藤心子，柚子的寒香……姨奶奶添了孩子了。这就是他所怀念的古中国……他的幽娴贞静的中国闺秀是抽鸦片的! 他坐了起来，双手托着头，感到难堪的落寞。

他取了帽子出门，向那个小厮道："待会儿请你对上头说一声，改天我再面谢罢!"他穿过砖砌的天井，院子正中生着树，一树的枯枝高高印在淡青的天上，像瓷上的冰纹。长安静静地跟在他后面送了出来。她的藏青长袖旗袍上有着浅黄的雏菊。她两手交握着，脸上显出稀有的柔和。世舫回过身来问道："姜小姐……"她隔得远远的站定了，只是垂着头。世舫微微鞠了一躬，转身就走。长安觉得她是隔了相当的距离看这太阳里的庭院，从高楼上望下来，明晰，亲切，然而没有能力干涉，天井，树，曳着萧条的影子的两个人，没有话——不多的一点回忆，将来是要装在水晶瓶里双手捧着看的——她的最初也是最后的爱。

芝寿直挺挺躺在床上，搁在肋骨上的两只手蜷曲着像宰了的鸡的脚爪。帐子吊起了一半。不分昼夜她不让他们给她放下帐子来，她怕。

外面传进来说绢姑娘生了个小少爷。丫头丢下了热气腾腾的药罐子跑出去凑热闹了。敞着房门，一阵风吹了进来，帐钩豁朗朗乱摇，帐子自动的放了下来，然而芝寿不再抗议了。她的头向右一歪，滚到枕头外面去。她并没有死——又挨了半个月光景才死的。

绢姑娘扶了正，做了芝寿的替身。扶了正不上一年就吞了生鸦片自杀了。长白不敢再娶了，只在妓院里走走。长安更是早就断了结婚的念头。

七巧似睡非睡横在烟铺上。三十年来她戴着黄金的枷。她用那沉重的枷角劈杀了几个人，没死的也送了半条命。她知道她儿子女儿恨毒了她，她婆家的人恨她，她娘家的人恨她。她摸索着腕上的翠玉镯子，徐徐将那镯子顺着骨瘦如柴的手臂往上推，一直推到腋下。她自己也不能相信她年轻的时候有过滚圆的胳膊。就连出了嫁之后几年，镯子也只塞得进一条洋绉手帕。十八九岁做姑娘的时候，高高挽起了大镶大滚的蓝夏布衫袖，露出一双雪白的手腕，上街买菜去。喜欢她的有肉店里的朝禄，她哥哥的结拜弟兄丁玉根、张少泉，还有沈裁缝的儿子。喜欢她，也许只是喜欢跟她开开玩笑，然而如果她挑中了他们中的一个，往后日子久了，生了孩子，男人多少对她有点真心。七巧挪了挪头底下的荷叶边小洋枕，凑上脸去揉擦了一下，那一面的一滴眼泪她就懒怠去揩拭，由它挂在腮上，渐渐自己干了。

七巧过世以后，长安和长白分了家搬出来住。七巧的女儿是不难解决她自己的问题的，谣言说她和一个男子在街上一同走，停在摊子跟前，他为她买了一双吊袜带。也许她用的是她自己的钱，可是无论如何是由男子的袋里掏出来的。……当然这不过是谣言。

三十年前的月亮早已沉下去，三十年前的人也死了，然而三十年前的故事还没完——完不了。

1943 年 10 月

选自《传奇》

上海杂志社 1944 年 9 月初版

作家的话 ◇

我不喜欢壮烈。我是喜欢悲壮，更喜欢苍凉。壮烈只有力，没有美，似乎缺少人性。悲壮则如大红大绿的配角，是一种强烈的对照。但它的刺激性还是大于启发性。苍凉之所以有更深长的回味，就因为它像葱绿配桃红，是一种参差的对照。

这时代，旧的东西在崩塌，新的在滋长中。……我写作的题材便是这么一个时代，我以为用参差的对照的手法是比较适宜的。我用这手法描写人类在一切时代之中生活下来的记忆。而以此给予周围的现实一个启示。我存着这个心，可不知道做得好不好。一般所说"时代的纪念碑"那样的作品，我是写不出来的，也不打算尝试，因为现在似乎还没有这样集中的客观题材。我甚至只是写些男女间的小事情，我的作品里没有战争，也没有革命。我以为人在恋爱的时候，是比在战争或革命的时候更素朴，也更放恣的。

《自己的文章》

结构，节奏，色彩，在这件作品里不用说有了最幸运的成就。特别值得一提的，还有下列几点：

第一是作者的心理分析，并不采用冗长的独白或枯索烦琐的解剖，她利用暗示，把动作、语言、心理三者打成一片。

第二是作者的节略法（racconrci）的运用……

第三是作者的风格。这原是首先引起读者注意和赞美的部分。外表的美永远比内在的美容易发现。何况是那么色彩鲜明，收得住，泼得出的文章！新旧文字的糅合，新旧意境的交错，在本篇里正是恰到好处。仿佛这利落痛快的文字天造地设一般，老早摆在那里，预备来叙述这幕悲剧的。譬喻的巧妙，形象的入画，固是作者风格的特色，但在完成整个作品上，从没像在这篇里那样的尽其效用……

毫无疑问，《金锁记》是张女士截至目前最完满之作，颇有《狂人日记》中某些故事的风味。至少也该列为我们文坛最美的收获之一。

迅雨《论张爱玲的小说》

陈敬容

回　声　◈

陈敬容，1917 年出生于四川乐山。1935 年至 1936 年在清华大学、北京大学旁听。1938 年在成都加入"中华全国文协"（后更名为"中国作协"）。1945 年后在重庆当小学代课教员、书局编辑。其间出版有诗集《盈盈集》《交响集》，散文集《星云集》，译作有《安徒生童话选》6 册、雨果长篇小说《巴黎圣母院》等。20 世纪 40 年代后期成为"九叶诗派"重要成员之一。内心的炽烈与外在的恬淡形成很强的对比和张力。1949 年后在北京最高人民法院检察署就职。1956 年起任《世界文学》编辑。50 年代所译捷克作家伏契克的《绞刑架下的报告》，流传甚广。1973 年退休后仍致力于写诗和文学翻译。80 年代出版有《陈敬容选集》、诗集《老去的是时间》、散文诗集《远帆集》等；出版的译著有《图像与花朵》等。1989 年在北京病逝。

回声搜扫着黄叶，

黄昏逡巡在泉边；

你的窗可在战栗，

你的灯可曾熄灭？

满生绿苔的小径，

凝冻的、我的足音；

远去的春和春的琴韵，

蓝空透明如蓝色的冰。

谁在微笑啊谁在幽咽——

谁，高高地投掷

一串滴血的

碎裂的心……

1943 年冬于甘肃临夏

选自《盈盈集》

文化生活出版社 1948 年

作家的话 ◈

　　每一个文字是一尊雕像/固定的轮廓下有流动的思想……借你们
有形的口，说我无言的言语/从一片大海把我的沉思捞起/当你们在一切峰顶向我召唤/趁着风浪，我扬起我的船帆。

《文字》1947

　　我时常看见自己/是一个陌生的存在/独自想着陌生的思想/独自讲着陌生的语言……我没有我自己/当我写着短短的诗/或是长长的信/我想试把睡梦里/一片阳光的暖意/织进别人的思想里去。

《陌生的我》1947

评论家的话 ◈

　　陈敬容诗的魅力来源于它所表现的对社会人生的体验与领悟，源于从情感经历中升华出的知性，它所表现的是从苦难深渊里总结出的人生经验；与此相伴随，是诗的艺术概括性强，不拘泥于具体的人和事。

蓝棣之《〈九叶派诗选〉前言》

文载道

夜　读

　　文载道，原名金性尧，另有笔名春秋、星屋等。1916年出生，浙江定海人。曾在上海任教员。抗战期间开始发表杂文、散文，有《朴园雅集记》等。1944年编辑《文史》半月刊。20世纪50年代起相继在春明书店、上海文化出版社、中华书局上海编辑所（后改名上海古籍出版社）任编辑。著有《星星小文》《文抄》《风土小记》等。2007年去世。

下了一阵雨，天色显得有点阴沉，或许是欲雪的先兆，晚饭后在一盏寒灯之下，不禁记起昔人"雪夜闭门读禁书"之句。由此复连带地想到"高斋风雨记论文"一语，更引起我对于夜读的向往。可惜我所记得的都是片言只句，近乎断章取义——。然而反过来说，或者好的文字，本来无须冗烦满纸。如杜少陵所谓"语不惊人死不休"，而惊人的警句又岂能多得？例如古之策论，今之宣言，虽气势堂皇，音节铿锵，但总不免有"虽多亦奚以为"之感。

闲话休得拉扯，这里且谈夜读。

自苦雨翁《夜读抄》一出，遂令人于夜读有深切的怀慕。尤其这篇素雅的小引，读之益对夜读悠然而不能自已。但夜读论理须跟书斋有点毗连。如苦雨翁所说，"因为据我的成见，夜读须得与书室相连的，我们这种穷忙的人那里有此福分，不过还是随时偷闲看一点罢了。"他又说其尊人在日，"住故乡老屋中，隔窗望邻家竹园，常为言其志愿，欲得一小楼，清闲幽寂，可以读书，"但终于佗傺不得意而未能如愿。尤使人觉得文士生涯的清苦。一个人想做官发财，或揽辔澄清，这须得视各人的命运而定。至于得一斗室或小屋，以为朝夕流连之所，进而修点自己的"业"，却是非常朴素的愿望。然不幸生而为中国文人，却变成奢望或梦想了；特别是在上海，素有"寸金地"之称，能够温饱已经大大不易。不过说到鄙人自己呢，则以袭先人之余荫，总算较为幸运，得有一小室以偿夜读之愿。寒斋初名屠嚼斋，旋改星屋，今又易为辱斋，盖自乱战以还，聊以志感而已。室中除书架十数具，披霞娜一座外，余即放桌椅几件。又以书架中略有空闲，别放小摆设数事，近于所谓骨董之流亚。然品质低劣，不足当鉴赏家一顾，盖得之街头的冷摊者。窗外略有一线隙地，有时可抬头望见浮游的云絮，本来也可种些"幽篁"之类，如白杨则更佳，迎风听萧萧之声，尤令人沉醉在诗境中，或者正符合雨当轩的"愁多思买白杨栽"之感。但锄土荷泥，未免煞费手足，鄙人亦懒惰无心学雅趣了。

既有书斋，最好还要多设一点灯火，而灯之中最不可少的，自然是台灯。感谢它的澄明而清澈的光，使我们在夜读中添了意外亲切的低回。昔东坡居士答毛维瞻书云："岁行尽矣。风雨凄然，纸窗竹屋，灯火青荧，时于此闲，得少佳趣，无由持献，独享为愧，相当一笑也。"可谓文情并茂，至今犹觉潇潇中有此凄清一境。而且夜读最适宜还是在秋冬之间。盖春夜太浓艳绚烂，夏则苦于蚊蚋之相扰，如秋天却于苍凉中得潇洒之味，至冬夜多风雨，而霜雪尤为他季所无，遂觉别有自然情致。昔时煤价低廉，斗室中着一炉子，不惟可以取暖，而且还能烹茶。宋人诗云，"寒夜客来茶当酒，竹炉汤沸火初红"，少时读之今尚依依于熊熊炉火之间。迨至夜深腹馁，即取简易的杂食加以煨煮，益觉身心两温了。早年在故乡的舍下，陪家父议《汉书》，或讲《聊斋》，至亥子之交即取羊肉汁佐粥啖之，食毕躺榻椅作少憩，时或弄到东方之既白，自以为也是人生一乐，惜十余年来久不得赏了。不过这种佳趣，也只能于意会中得之，最多也只为知者道吧。

刘禹锡《陋室铭》云："山不在高，有仙则名，水不在深，有龙则灵，斯是陋室，惟吾德馨。"可见虽是"陋室"，只要苔痕上阶，草色入帘，以及来往有鸿儒而无白丁，在寒士看来，也颇得盘桓徜徉之胜了，后读五柳先生诗，有"众鸟欣有托，吾亦爱吾庐"之句，不禁欢喜喟叹。窃意吾辈之于书斋，其爱惜之心亦正复相同耳。

中国历来的文人，不管事实上有无正式的书室，但名称却不可无，甚至积久而成很多的名目。近人陈乃乾氏编"室名索引"，其数量之繁殊确是可观。如清季李莼客的日记，除越缦堂外，尚有几种室名，且每易一名，书前还有小引以说明。如日记第十二册，名曰桃花圣解盦，自谓："秉生于冬，冬气冷，故性冷，得气于秋，秋令肃，故性傲。惟冷惟傲，故所值多阻而命穷，穷则思通。冬者春所孕也。先生生冬之末，春气融结，胚于灵根，故其才肆，其情深，其发为文章花叶布濩，烂然若春桃者……"并"取东坡若见桃花生圣解之语，以名其灵"云。而其一生学问，亦得力于夜读者为尤多，至其对于书籍之爱护，搜藏，也真有苦心孤诣之感，甚至贫到典衣告贷之际，于书之买和读，还依然旦暮不废，今日偶一展阅，虽怃然而更感钦敬。同治十年七月二十九日日记，有自述晚庭读书之乐云：

二十九日丁巳。晴，凉。（上略）傍晚夕映在檐，凉飔拂地，槐叶时坠，驯鹊弄声，移几庭中，啜茗看阮仪征《四库未收书提要》及张月香《爱日精庐藏书志》，几旁有瓦盆种秋海棠数本，作花正妍，窃谓此时之乐，较六街车马征逐歌舞者奚啻仙凡耶？虽索米质衣而折除福分，薶茵槐鼎，不足赏矣。

这才是真正的，超越一切的在寻求书中的乐趣。在答沈晓湖的书中（光绪四年十二月），他还想在故乡西跨湖桥湖畔买地三亩；筑屋数楹，中高楼三间，以储藏图书，"临窗设几，按左右二间，窗皆可开以俯视园圃，东西壁列架插书，中间经，左间史，右间子集，刚经柔史，又一日阅子集。窗嵌颇黎，每朝睡足，一纻幔则旭日满窗，隔岸之山，浮青泼翠，贡媚送妍，光满一室。"浙东川壑秀媚，而越中又具荇水荷风之胜。无论作短时的小休，或终年的优游，心灵中自能获得一种轻快和畅适。读王右军兰亭一序，和张宗子的《陶庵梦忆》，犹能见到当时的流风余韵，可惜李君也同样的落拓不得志，正所谓"所值多阻而命穷"。其次，人们对早年游钓之乡，不免特别易于憧憬。于乡情之外复加童心，可以说是人类感情中最珍贵的一角，正如大海潮汐，起伏而富变化也。

夜读的另一种胜处，即在午夜中可以听到各种声响。有天籁的，如风雨，有人工的，如车马。此诗如摈除哀乐，起视中庭，即感到大自然的离奇悯悦，真有耳得之而为声，目遇之而成色之慨。明张大复《梅花草堂笔谈》卷一《独坐》云：

"月是何色？水是何味？无独之风何声？即炉之香何气？独坐息庵下，默然念之，觉胸中活活欲舞而不能言者，是何解？"

"万物静观皆自得"，世上有许多事情，往往在静观中，在无意中，会得到人生的哲理的启示。如《论语》"子在川上"一章，即表现出生命的无当的意义。我时当在读到书上的或一问题时，即掩卷冥索，或闻远处啼叫之声，则辄涉遐想。至声音中之最凄厉难堪者，在我的印象中，当推深宵老妪卖长锭之声，于寂静寥廓的夜气中，忽然聆耽此悠长的一串，不啻对此身作当头一棒。于是由此复连带地想起乡间的招魂，一人呼之在前，一人应之在后，且多数又是出诸女性尖锐的喉咙，虽寥寥数言，而声声"归来"，摄入当时稚弱的耳膜中，尤觉得沉重的迫压，使空气顿时的严重而恐怖，这时也只有跑到慈母身前才释重负。

我在前年病中曾作一首七绝，末二句云，"终是童心忘不得，小窗对月读诗时"，这所说的正是实情。而且当还不止区区一人。幼年从塾中放学归家，因明天要还生书，故须于晚上诵熟。有时逢佶屈聱牙的书，如"禹贡"等，真要读到"痛哭流涕"。惟书室适朝东，举头正对天际明月。然当时根本不解"夜读"的趣味，何况在生书未诵熟前，更有"良辰美景奈何天"之感了。待背出，即先向母亲前试诵，实则家慈哪里识得这许多字，不过充一下数，试一试明天先生前的效果而已。待从记忆中努力挤出后，母亲即向紫铜的火钵中，取驴皮汤数匙，冲沸水给我饮下，味甜而腻，医云"冬令大补品"，这也是童年的小小甘辛。现在呢，恕我说得暮气一点，却稍有"去者以疏"之憾了。

自离乡后，儿时的旧情虽不可得，然夜读则未尝中辍。现在却分一部分时间于写作了——说到写作，我记起李笠翁《闲情偶寄》的居室部中，在"藏垢纳污"项下，有一段很妙的设计：

"欲营精洁之房，先设藏垢纳污之地，何也？爱精喜洁之士，一物不齐，即如目中生刺，势必去之而后已。然人之身，百工之所为备，能保物物皆精乎？……至于溺之为数，一日不知凡几，若不择地而遗，则净土皆成粪壤，如或避洁就污，则往来仆仆，是率天下而路也。此为寻常好洁者言之。若夫文人运腕，每至得意疾书之际，机锋一阻，则断不可续。然而寝食可废，便溺不可废也。官急不如私急，俗不云乎。当有得句将书，而阻于溺；及溺后而觅之，杳不可得者，予往往验之，故营此最急。"

然则又怎么办呢？曰："当于书室之傍，穴墙为孔，积以小竹，使遗在内而流于外，秽气闷闻，有若未尝溺者，无论阴晴寒暑，可以不出户庭。"这说出来或者将成笑柄，然而却是写作的甘苦之谈；真实的经验。以鄙人而论，固不欲使室中"秽德彰闻"，然每到所谓灵感跳跃，思绪集中时，倘一面又迫于"溺急"，就只得将"人中白"倾注在室内铜盂中了。于此又记起《嵇中散致山涛书》有云，"每当小便，而忍不起，令泡中略转乃起耳"，则甚忍耐之力，也足以可惊的了，掷笔为之呵呵。

像这一类性质的文字，全看写者的态度而分高下。下焉者固流于低级无聊，但如严正的当文章来写，却在廊庙文学以上，如苦雨翁的《入厕读书》便是一个例子。所谓宇宙之大，苍蝇之微，皆可入我毫颠。鄙人于夜读亦取近似的态度：喜博览泛阅。虽明知杂而无当，但我的师原不止一个，只要增益孤陋，有裨闻见的，就是鄙人夜读的对象，甚愿于灯前茗右，永以为实也。

旧腊月大寒后一日，灯下。

选自《风土小记》

上海太平书局 1944 年 6 月初版

作家的话 ◈

我是私塾出身的，穿上拖地的"书生袍"向塾师磕过头之后，就此与古文朝夕相伴，中年时进了专业性的古籍出版社，到了颓龄的今天，和古文果真成为刎颈交了。

这中间，也陆续看了一些新文艺书籍，在我的藏书中，大概占了半数，早期作家一些散文作品，都齐备的。但从八十年代起，却就买得绝少，即使是名满人间的小说和散文，也很少过眼，这里面有种种因素，片纸无法细说，也无必要，要说的只是这样几句语：散文的天地原可无所不容，所谓宇宙之大，苍蝇之微，万象毕来，皆可于无意中得之，但总得有点儿书卷气，即使是小品，也自有一种"叔度汪汪，如千顷之波"的丰采，前辈如周氏兄弟、胡适、郁达夫、林语堂、朱自清、俞平伯诸位的作品，就是现成的例子。我最初读朱自清先生的《背影》时，只有十六七岁，以为他的旧学根底并不深厚，后来读了他的其他著作，才知道他连经典都精通。

对于书卷气的含义，本来用不着解释，也很难说得具体，我的意思是说，散文作家还得和旧学结点缘，使人感到空灵中自有一种酽然之味，而不流于空疏；"与公瑾交，若饮醇醪"，这也是我所向往的一种文境，只是不要生吞活剥，没头没脑地抄上几句。

因为自己爱好的研究的是古典文学，现在这样说，未免有卖瓜之嫌，那也是没奈何的事，又因编者要我写几句对散文的看法，只好把心里想的说了出来，算是完成"赋得"了。

金性尧1997年7月23日

（应编者之约而写）

评论家的话 ◈

自己平常也喜欢写这类文章，却总觉得写不好，如今见到（这样的）佳作哪能不高兴，更有他乡遇故知之感矣。读文情俱胜的随笔本是愉快，在这类文字中常有的一种惆怅我也仿佛能够感到，又别是一样淡淡的喜悦，可以说是寂寞的不寂寞感，此亦是很有意思的一种缘分也。……不管是什么式样，只凭了诚实的心情去做，也就行了。说是流连光景，其对象反正也是自己的国与民及其运命，这和痛哭流涕的表示不同，至其心情原无二致，此固一样的不足以救国，若云误国，则恐亦未必遽至于此耳。

周作人《〈文载道文抄〉序》

穆 旦

活下去

穆旦，原名查良铮。1918 年出生于天津。祖籍浙江海宁。早年就读于南开学校。1935 考入清华大学外文系，1940 年自西南联大外文系毕业后，留校任助教。就读西南联大期间，因英籍教师燕卜逊的熏染，接受奥登、叶芝、艾略特等现代诗风的影响，是"九叶诗派"重要成员之一。1942 年 5 月至 9 月，亲历缅甸战场与日军的战斗及随后的大撤退，辗转至印度后撤回国内。相继出版诗集《探险队》《穆旦诗集（1939—1945）》和《旗》。1949 年赴美留学。1953 年回国任南开大学外文系副教授，进入译诗黄金时代，译有《欧根·奥涅金》《普希金抒情诗集》《拜伦抒情诗选》《雪莱抒情诗选》《布莱克诗选》（与人合译）等。1958 年底，法院派人到校宣布他为"历史反革命"，"接受管制"，用工余时间翻译《唐璜》。1977 年 2 月 25 日因猝发心脏病去世。对现实苦难的关怀和对永恒的心灵思辨在他诗中达到一种惊心动魄的完美结合。

活下去，在这片危险的土地上，

活在成群死亡的降临中，

当所有的幻像已变狰狞，所有的力量已经

如同暴露的大海

凶残摧毁凶残

如同你和我都渐渐强壮了却又死去，

那永恒的人。

弥留在生的烦扰里，

在淫荡的颓败的包围中，

看！那里已奔来了即将解救我们一切的

饥寒的主人；

而他已经鞭击，

而那无声的黑影已在苏醒和等待

午夜里的牺牲。

希望，幻灭，希望，再活下去

在无尽的波涛的淹没中，

谁知道时间的沉重的呻吟就要坠落在

于诅咒里成形的

日光闪耀的岸沿上；

孩子们呀，请看黑夜中的我们正怎样孕育

难产的圣洁的感情。

一九四四年九月

选自《穆旦诗集（1935—1945）》

评论家的话 ◇

　　穆旦对于中国新诗写作的最大贡献，照我看，还是在他的创造了一个上帝。他自然并不为任何普通的宗教或教会而打神学上的仗，但诗人的皮肉和精神有着那样的一种饥渴，以至喊叫着要求一点人身以外的东西来支持和安慰。大多数中国作家的空洞他看了不满意，他们并非无神主义者，他们什么也不相信。而在这一点上，他们又是完全传统的。在中国式极为平衡的心的气候里，宗教诗从来没有发达过。我们的诗里缺乏大的精神上的起伏，这也可以用前面提到过的"冷漠"解释。但是穆旦，以他的孩子似的好奇，他的在灵魂深处的窥探，至少是明白冲突和怀疑的……以及一个比较直接的决心……以及"辨识"的问题……

王佐良《一个中国诗人》

阿 垅
◈ 无 题

    阿垅，原名陈守梅，又名陈亦门，主要笔名还有亦门、S. M 等。1907 年出生，浙江杭州人。是国民党中央军校第十期毕业生，参加过 1937 年上海淞沪抗战，曾根据自己的亲身经历写成《闸北打了起来》等报告文学作品，向《七月》投稿，发表诗歌创作和诗歌评论，由此结识胡风，后成为"七月派"的主要理论家和诗人之一。1946 年在成都主编"胡风派"文艺刊物《呼吸》。1949 年后任天津市文（作）协编辑部主任。1955 年 5 月被打成"胡风反革命集团骨干分子"，1967 年因骨髓炎含冤病死狱中，1980 年 12 月始获平反。主要著作有长篇小说《南京》（即《南京血祭》，曾获中华全国文艺界抗敌协会长篇小说征文奖），诗集《无弦琴》，诗文论集《人和诗》《诗与现实》（三卷）等。

不要踏着露水——

因为有过人夜哭。……

哦，我底人啊，我记得极清楚，

在白鱼烛光里为你读过《雅歌》。

但是不要这样为我祷告，不要！

我无罪，我会赤裸着你这身体去见上帝。

……

但是不要计算星和星间的空间吧

不要用光年；用万有引力，用相照的光。

要开作一枝白色花——

因为我要这样宣告，我们无罪，然后我们凋谢。

一九四四，九。蜗居。

选自《白色花》

人民文学出版社 1981 年

作家的话 ◈

所以诗不是呻吟，没有呻吟。

但是那呜咽的流泉呢，那朝阳下的露珠呢，那饮露珠而和流泉唱和的小鸟呢，那小鸟所栖的绿枝之下披发徘徊的人呢？……

那仅仅是呻吟。

诗里，假使也不免有抑郁的影子，但是那呻吟，至少也应该是战斗的呻吟。

从那战斗里，他带着夕阳的纤长的影子向树林缓步着走来，在一块石头边放下了赤刃的剑，在一湾清水中洗净了流血的箭伤，淡淡的黄昏来了，圆圆的明月上来，于是在细草一片之上躺了下来或者坐了下去，低低地叹息了一声战士底叹息。

《箭头指向——》

评论家的话 ◈

在S.M（阿垅）的诗里显露的诗人的精神，或者说人格的特色，是对于人生的高度的诚实和善良，以及一种道德上面的高贵、仁爱和勇敢。这些字眼并不是空洞的，它们的意义是流露在诗人的每一句诗，每一个呼吸中间。你可以亲切地感觉到在这里站着这样一个人，他并不假装不懂为懂，他所要求的可说是异常的单纯，但他的表情告诉你说：他就是要求他自己的这一点，只是这一点——谦虚地，柔和然而坚决地，无论谁都不能从他夺去。

在我们的时代，少有这样的充满着强烈、真实的人生要求的诗。在人们附托着时代的虚情和观念写着诗的时候，阿垅是站在人生的渴望里面，其中有爱情，战争，友谊……从这里方直面着时代。当人们被什么巨大的、激动的形势感动了，于是发生了浪漫的呼唤来的时候，阿垅是在歌唱着他的深切的人生要求，这大半都正是和时代节拍息息相关的。

路翎《两个诗人》

夏　衍

苦酒（《芳草天涯》节选）

　　《芳草天涯》（四幕话剧）写于 1945 年春，同年由重庆大学美学出版社出版。上演后曾在重庆文艺界引起争论。作品描写了尚志恢、石咏芬和孟小云三个知识分子在战乱中的爱情婚姻纠葛。尚志恢与妻子石咏芬原是一对理想的伴侣，战乱时，由于社会的逼迫，感情不和，尚志恢离家出走，到桂林老朋友孟文秀的家小住，在孟家遇上了孟的侄女、大学生孟小云，不久便对她产生了爱慕之情。石咏芬随后逃难到了桂林，发现了自己丈夫与孟小云的关系，非常伤感，后来在孟文秀的劝说下，尚志恢终止了与孟小云的恋爱关系。最后，在日军侵犯的前夕，孟小云加入了战地服务队，而尚志恢夫妇和孟文秀夫妇随难民一起撤向贵阳。情节简单而生动有致，语言朴素却富有诗情，这是典型的夏衍剧作风格。剧本名为《芳草天涯》，取自苏轼的《蝶恋花》："枝上柳绵吹又少，天涯何处无芳草"句，表现了作者对国难时期漂泊不定的知识分子所怀有的热切期望。本书节选的是第三幕，标题为编者所加。

〔阴晴不定的天气继续了一个多月，一入六月，桂林已经是盛夏了。中原之战刚在暗淡的情形之下接近尾声，湘北之战又开始了。连捷的名城长沙已经不再是天险。眼看着衡阳的悲运也快被决定了。苟安之下享了几年和平的桂林，再不可能平静地不受战事的影响了。桂林挤满了残败的军队、难民，和混杂在难民里面的各种各样的身份不明的人物。没有正确报道和新闻自由的地方必然会成为谣言的温床，桂林的街头，茶坊酒肆，一切公共场所，完全被洪水一般的谣言所掩蔽了。地上是茫然地奔跑着的人，天上是终日不断的北飞作战的盟机。眼看衡阳战局一天天地恶化，敌机对桂林机场的空袭也一天天地频繁起来，疏散变成了表现在这个西南军略重镇的唯一的"作战努力"，而这种无原则无计划的疏散不仅加速地助长谣言，而且有力地动摇了市民对于桂林是否可守是否要守的信念，为着争夺交通工具而发疯了，每个人的注意力都集中到如何逃难，如何保全所有的财产，至于如何才能强化作战努力，如何才能阻抗敌人，却变成只有"愚人"才思考的事了。桂林变成了一个混乱的坩埚，冲突、争吵、残害、相互践踏、相互杀害，人命的价值暴落了，人变了苍蝇，人变了泥土……而不幸的是在这么一个可悲的大时代中，一个小小的斗争还在继续，一个小小的悲剧正在发展。

〔六月中旬的一个下午。

〔天气是亢热的，太阳像一团火。这一天已经放了第二次的警报，经过了两小时之久还没有解除的模样，躲警报的人已经感到疲累和不耐了。大地窒息着，没有人声，但是，忽远忽近，已经可以听到早蝉的声音。

〔尚志恢的住宅寂寞地沉浸在死水般的空气里面。一架飞机渐渐地远去了之后，公路上已经远远地有人声了。再经过一阵沉静，乃辰①提了一只白布上绣蓝花的手提袋，腋下夹了两包书，陪着小云回来。小云穿着短袖的淡蓝旗袍，用一块薄绢裹住了长发，似乎有一点疲倦，乃辰穿的是半旧的柳条衬衫，卡其短裤，已经是夏装了。走到门口——

许乃辰　（好像突然想到了什么似的）向尚太太要了钥匙没有？

孟小云　（无言，把手里的一把钥匙给他看了一下，开门）

许乃辰　（好像为了打破一路上的沉闷，用怨怼的口吻）我早说不用躲的，日本鬼要炸的是空军基地。

〔一进门，小云就像不堪疲倦似的坐在藤躺椅上。乃辰放下东西，温存地走近她身边。

许乃辰　累了？要喝水吗？（看见小云点了点头，很快地从桌上

---

① 许乃辰：剧中一流亡青年。二十五岁。——编者注。

热水瓶里倒了杯水，递给了她，然后拉过一把椅子坐在她身边，缓缓地说）小云，你得当心身体，这几天你太忙了。（停顿了一下，用有一点愤慨的调子说）那些人呀，真是，只讲不做，开会的时候，讲得激昂慷慨，轮到做事情的时候，什么都推在几个人身上。小云，你得把工作分配一下，这几天面色很不好。

孟小云　是吗？（依旧是不上劲的声音）

许乃辰　（寂寞地拿一本杂志当作扇子扇了几下。经过了一阵沉默，再换另一个题目开始）你看这一次敌人真的会打桂林？昨天报上说……

孟小云　（看了他一眼，又沉默了）

许乃辰　一般的看法很不一致，有人说敌人要打通粤汉线，那么曲江也许比桂林更加危险。

孟小云　（被他眼光催促着，才慢慢地）你怎么看呢？

许乃辰　（笑了笑）先听听你的。

孟小云　（欠了欠身）我同意前晚上志恢的说法，打通从衡阳到越南大陆的交通是这一次敌人的目的。

许乃辰　（不被对方经心地看了小云一眼，好像小云提到志恢的名字而同意他的见解也是一种有意的暗示。无目的地站起来走了几步，微微地点了点头，然后忧郁地）那么，我们的准备工作，就得加紧。

孟小云　（坐起半个身子。把茶杯递给了他）再给我倒一杯。对了，你方才跟我讲的话，——组织战地服务队的问题……

許乃辰 　是啊，今天找你就是为了这个问题。（似乎振作起来，絮絮地）说起来情形很复杂，火烧到眼前了，大家还有这么多的顾虑，有人不肯出名发起，有人当面答应了背后又讲闲话，你看，一天天地拖下去，怎么得了呀！衡阳一失，桂林就是前线了，可是，看一看这几天桂林的情形，简直是……（叹了口气）亡国现象！

孟小云 　可是，事情还得做啊，（轻轻地瞟了他一眼）你说，谁不肯参加发起？

许乃辰 　（想了想，冷冷地）这，不说你也知道。

孟小云 　（好奇地）谁呀？

许乃辰 　别装腔好不好？（似乎有点生气）连你——

孟小云 　（突然把脸一沉，站起来）你老是，装模作样，讲话吞吞吐吐的。别讲了，这样的话。

许乃辰 　（微微地一愣，然后解嘲地握着她的手辩解似的）昨天座谈会的情形你不知道？

孟小云 　不知道。（站起来慢慢地走到窗前）

许乃辰 　那，我可以告诉你。（跟了两步，性急地）昨天决定了要来一次广大的紧急动员工作，这事情一定得有几个各方面关系好一点的人来发起，大家要求老尚出面，可是他不肯答应。你说，他在这儿的立场比较超然，各方面对他的印象都不错，他可以沟通上下，团结青年。——要是他不出来，找谁？

孟小云 　唔。（应了一声，没有表示意见）

许乃辰 　长官部方面的消息，说衡阳的情势很坏，说不定几天之内衡阳失守，那不是……（揩了揩汗，用比较沉着的调子继续下去）所以我今天找你。

孟小云　（习惯地耸了耸眉毛）找我？

许乃辰　对啊，只有你能够说服他。只有——（用了两个"只有"，他觉得太显露了，于是改换了口气）小云，这是你的责任，老尚说，他可以帮忙，可是不能由他来发起，这是他该讲的话吗？帮忙，帮谁的忙？他至少不该取这个态度。

孟小云　（脸上没有表情，停顿了好久，低声地）我没有这个责任，我负不了……

许乃辰　小云，你不能这么说，我今天跟你讲这些话，态度是严肃的。

孟小云　（一笑）你的态度，从来就是很严肃的。

许乃辰　别开玩笑，这是工作。

孟小云　那为什么你们不能劝他？

许乃辰　（脸色也变成阴沉得可怕，迟疑了一下，终于爆发似的开始）那你自己知道，我来跟你讲这些话，也许不适当，我讲了，你会联想到别的事情，可是，我把它当作一件工作，我懂得公私分开。（偷偷地看了她一下，把语气放和平一点，继续下去）说得直率一点，我们要领着他走，帮助他，因为他还缺少实际斗争的经验。

孟小云　（沉默，低头弄着她的那块淡蓝格子的手帕）

许乃辰　爱一个——（很快地改换了一个字）敬爱一个人。就得替他在大处设想，使他走上正确的路。

孟小云 （几乎不想掩饰地在脸上掠过了一阵苦痛的表情。低头沉默了许久，慢慢地）你不会知道的。（又迟疑了一下）要不是今天躲警报，被叔叔拖着来，我不想到这儿来的。

许乃辰 （不很明白她的意思，凝视着她）这是说——

孟小云 （寂寞地叹了口气，低声）你是不会懂得我的，这几天，我才懂得人世间有这么多的忧愁，苦痛……

许乃辰 （走了两步，同样低声地）唔，我懂，可是——

孟小云 可是什么？

许乃辰 （回过身来，苦笑了一下）说了你会笑我……只会说教……

孟小云 （平静地）说吧。我要听……近来，我才懂得自己的软弱——

许乃辰 说，那还不一句老话，理智一点，拿理智来克服感情。

孟小云 你看，我能做得到吗？（浮出一点微笑）我从小就太任性。

许乃辰 （没有回答，走了几步，抬起头来望了望一碧无际的天空，二人又沉默了）

孟小云 （振作一下，站起身来，委婉地）咱们该走啦，你，拿点开水去给尚太太他们。

〔乃辰无言地顺从了她，拿了水壶，懒懒地收拾起方才带来的一些书籍。可是正当小云走向门口的时候，她忽然站定了。像一阵风轻轻地推门，志恢已经跨进来了。带着不自然的笑，点了点头，就像非常疲累地坐

094

下来了。乃辰回转身来，有一点僵窘，想不出什么话讲。

孟小云　（愉快的声音）怎么你也来了？尚太太和叔叔他们呢？

尚志恢　闷得很，天气又热得可怕，（用不安的眼光窥视一下两人的神色，然后勉强地）什么，你们打算到哪儿去？快解除了，方才情报说，敌机已经过了兴安。

孟小云　可是，总是小心一点的好啊，你，老是——（走近他身边，嘟了嘟嘴，不自禁地流露了只有对最亲密的人才可以有的怜惜的神态和声音）

尚志恢　（不自然地一笑）那么，你呐？你们不怕危险？

孟小云　（为了不使这种僵硬的情形继续下去，很快地改用了一种平静而轻快的调子）也好，休息一下，好在洞子很近，瞧，你全身是汗，我给你打盆水来。

尚志恢　（望着小云走了之后，再仔细地观察了一下乃辰的神色，好像要掩饰内心的纷乱，用言不由衷的调子开始）这几天情形怎么样？衡阳怕已经靠不住了……唔，你们前天谈的事情……

许乃辰　（摇了摇头，低声地回答）还僵着，没有决定。（然后摸出烟来，点上了火）

尚志恢　（感慨地）唔，议论未定，大概敌人就会渡过黄沙河了。（停了一下）给我一支烟。（伸出手来，从乃辰手里接过了一支香烟，乃辰给他点上了火，有点惊异地凝视着他）

〔小云端了脸盆出来，给他绞了一把手巾。

尚志恢　（迎上一步）多谢，我自己来。

许乃辰　（看见小云愉快的表情，他像骤然感到一阵难堪的忧郁，懒懒地站起身来，对小云）我还是把开水拿去给他们吧，天太热了——

尚志恢　怎么？你——（揸了脸，不熟练地再拿起那支香烟，有点茫然）

许乃辰　（好像尽可能的要想避开这种情景，很快地走到门口，头也不回地）也许快解除了，我去看看他们。

　　　　〔室内又沉默了，静到几乎可以听得到呼吸的声音。小云无声地走近志恢的身边，带着有深意的微笑，凝视着他，志恢为了怕被她看出内心的纷乱，避开她的眼光，静静地喷了口烟。

　　　　〔这样地经过了一两分钟的沉默之后，小云终于禁不住笑了。

尚志恢　笑什么？你。（有点惶窘地抬起头来）

孟小云　（没有回答，轻轻地从他手里取过那支香烟，丢进痰盂里，然后用作弄似的调子）几时学会了抽烟？

尚志恢　（脸上浮出了一丝苦笑，迟疑了一下，解嘲地说）好玩儿……

孟小云　（靠近他身边，一只手轻轻地按在他肩上，用充满了怜爱的声音）你，不可以的，志恢。

　　　　〔尚志恢慢慢地抬起头来，两人的视线正遇在一起，眼睛是灵魂的镜子，可以透过这面镜子来摸索对方灵魂。心的探险开始了，志恢自觉到心跳得厉害。

〔这紧张的沉默继续了几秒之后，小云像一个小孩子忽然想起了什么好玩的玩意一般离开了他，拉了一把靠背椅子，像十几岁的淘气女孩子似的骑马跨地反坐在椅上，上身扑在椅子背上——

孟小云　（兴奋地）来，让我试一试。你把两只手的手指交叉起来，（自己做了一个样子，很快地分开，继续说）要随便叉，对了，让我看。（然后，好像发现了什么奇迹似的笑出声来）

尚志恢　（这突如其来的测验使他惶惑起来，交叉着手指，茫然地问）这是什么意思？

孟小云　（做了一个意外的表情，站起身来，用很快的调子说）你不知道？这是一个心理测验。随意地把手指叉起来，可以试验出这个人理智重于感情，还是感情重于理智？

尚志恢　（性急地问）我呢？

孟小云　左手的手指压在右手手指上面，是理智派，反过来，右手手指在上面的，就偏重感情，你……（又是莞尔一笑）属于感情派的。

尚志恢　（再把手指交叉了几下，怀疑地说）感情派？这有什么根据？（停了一下，倏然想起了似的反问）那么你呢？

孟小云　（尽笑没有回答）

尚志恢　理智派？对吗？你试一试。（多少地振作起来，催促着她）

孟小云　（背转了半个身子）我不说。反正人只有两种，不是偏于理智，就是偏于感情。

尚志恢　（想了一下，好像恍悟了似的）对了，你一定是理智派？（停了一下，然后）小云，你欢喜桂林？

孟小云　（有点惊奇，睁大了眼睛反问）这，为什么？问这个……

尚志恢　（淡淡地一笑）桂林跟你很像，繁华是她的外形，冷隽是她的本性。……

孟小云　（性急地）我？……

　　　〔志恢用锐利的眼光凝视着她，执拗地想从她的表情中寻觅着一点对于这种批评的反应。小云的脚步停止了，茫然地望着天空，无目的地举起手掠了一下被熏风吹乱的鬓发，终于一种混惑的表情从眉间流露了。志恢无声地上前了一步。可是，当他轻轻地咳嗽了一下，打算讲话的时候，小云很快地用手拦住了他。

孟小云　听，不是解除的声音？（屏息地等了一下，笑了笑）不是。唔，三点半，我也得走了，你，休息一下。（她的态度不像平时的安详，语气也掩饰不了僵硬和急促）

尚志恢　（几乎是无意识地拉住了她）不，等一等。

　　　〔像是电光石火，小云反射地看了志恢一眼，这是一种激情和苦痛混合在一起的表情，她很快地低下了头，微微地背转了身体。手捏在一起，她觉得心骤然地跳得厉害。

　　　〔紧张的沉默是短暂的，一种忍受着苦痛的表情掠过了小云的眉宇后，紧接而来的好像是一个决心浮上了她的心头。很自然地分开了手。

孟小云　（似乎有了话题了）对了，我正有一件事要跟你商
　　　　量，——听听你的意见。

尚志恢　（紧张还没有消除，茫然地）跟我商量？

孟小云　（回转来，带着捉摸不定的微笑，低声说）我想听听你
　　　　对一个人的意见。

尚志恢　（很快地）谁？

孟小云　（坐下来）别性急啊，你坐。你，觉得小许……这个
　　　　人……怎么样？

尚志恢　小许？他怎么样？

孟小云　（依旧是平静的声音）我要听听你对于他的意见，因
　　　　为他——

尚志恢　因为他怎么？

孟小云　（敛了笑，慢慢地）因为，有一件事情要决定。
　　　　〔提出这样的一个问题对志恢分明的是重大的意外。他
　　　　感到了事态的并不简单，他也明白了她所讲的话的含
　　　　义，可是，他混惑了，他只能掩饰了内心的震动，好
　　　　像不明白她意思似的追问。

尚志恢　要决定？怎么样的问题？

孟小云　（跺了跺脚，不自觉地做了一个抱怨的娇态）你，
　　　　装傻。
　　　　（用等待的眼色望着他，又沉默了）

尚志恢　哦。（几乎不敢看她，支吾地）那，你……

孟小云　（催促）说呀。

尚志恢　（无言地走了几步，迟疑了一下之后，带着一种几乎可

以说是怆痛的表情，用低哑的声音）对于他，你应该
知道得比谁都清楚。

孟小云 （走近他身边）可是，我希望能够知道你对于他的印
象，作为一个知己的朋友，作为一个敬……重的前辈，
你的话，对我是有分量的。

尚志恢 那我，更不该说，不能说了。（竭力地企图逃避）

孟小云 嗯。（点了点头，微微地叹了口气，低声地）谢谢你。

尚志恢 （不明白她的意思）什么？

孟小云 （淡淡地笑了）那不是很明白，你已经回答了我的问
题。（停了一下，似乎在表示她的敏感）你的回答是否
定的，对吗？

尚志恢 （好像被发觉了什么秘密）为什么？这，这是什么
意思？

孟小云 要是你觉得这个人很好，那在我面前，有什么不该说，
不能说呀！

尚志恢 （被她那双机灵得可怕的眼睛望着，他狼狈地低下头
来）那，我倒没有你这样的敏感。（用手无目的地掠了
一下头发，似乎有点反驳似的补上了一句）可是，这
也证明了在这种情形之下，我不能也不该讲话。

孟小云 （似乎很愉快地笑了，黑亮的眼珠在他脸上打转，用若
干拖腔的调子说）说得很好，我欣赏了你的敏感。（停
了一下，迎上一步，一只手反撑在椅背上，改换了很
快的口吻）好，那么现在谈谈我吧，你觉得我怎么样？
这用不到考虑到别的问题，我——（扑哧地一笑）受

得住批评。

尚志恢　（凝视着她，半晌没有回答）。

孟小云　说呀！（轻轻地扭了一下身体）我听你的话，有什么毛病，那一定会改的……

尚志恢　（勉强地笑了笑）可以说吗？（沉吟了一下，然后再慢慢地开始）你很聪明，也很勇敢，你没有太多的旧社会的传统……

孟小云　（很快地用两只手蒙住了耳朵，叫喊一般地拦住了他）别说这些，你只讲我的缺点，弱点……

尚志恢　（淡淡地笑了一下，继续下去）但是，（看了她一眼）要说在"但是"后面，你终于也具备了一个聪明人——特别是一个聪明的女孩子所常有的弱点。你很聪明，你懂得太快，太多，于是你就学会了在这个社会里游泳，又是游泳得那样的愉快。（窥察了一下她的反应，停了一下，再放胆地继续下去）你学过电气没有？哦，你学的是农业经济，电气，是聪明不过的，它懂得选择路子，它往抵抗最低的地方走……

孟小云　（热心地听着，点了点头，轻轻地）唔，我懂得了你的意思。

尚志恢　对了，就是因为你懂得太快。（再停了一下）走抵抗少的路，就很少遇到挫折，也就不可能有进一步的磨炼。

孟小云　（不自禁地）可是，我……

尚志恢　（拦住了她）等一等，因为你懂得在社会里游泳的技巧，你在人群里游泳得一点也没有阻碍，你不感觉到，不，应该说别人不让你感觉到生活上工作上的麻烦，所以，不论到什么地方，你都可以得到一个愉快的环境，于是——（把语气加重一点）你生活在社会对你的娇纵里面，你永远也不会知道，你也没有机会去感觉到人类社会的辛酸！

孟小云 （慢慢地低下头来，渐渐地变成严肃，好像竭力地在控制起伏的感情，不使它有一点流露来阻滞对方论点的发展）唔……

尚志恢 （生怕他的言语会碰伤了对方的自尊心理，连忙笑了一下，补足了一句）说这样的话……本来我就没有这个资格。

孟小云 不，你肯对我这样说，我很高兴。

〔两个都沉默了，热风吹来了一阵聒耳的蝉噪声音。

孟小云 （抬起头来，深深地呼吸了一下，好像想到了一个问题似的重新开始）尚先生，你刚才讲了电气的故事，我……（娇美地一笑）我还有一个想法，说出来不知道对不对？

尚志恢 很好，正要听听你的意见。

孟小云 电气不是也会发热，发光？（她歪着头问）

尚志恢 （脸上露出赞叹的神色，很快地接过了她的问题）对，它可以发热，发光，但是那一定要有两个必要的条件，就是——（不自禁地流露出一种在讲坛上讲解的神情和手势）第一是要有一种强大的压力，推动着它，第二是要环境逼着他不能不走这条困难的道路。

孟小云　（好像完全忘记了方才的困惑和暗淡，愉快得几乎要跳起身来，不自觉地上前一步，捏住了志恢的手）你说得真好，我懂，我就需要这种力量和环境，可是，尚先生，我相信，你方才讲的话，就是一种很大的压力，使我——

尚志恢　（免不了有一点惶窘，支吾地）不，你要深入一点去看看社会，单单懂得是不够的，你要去感觉，去做。

孟小云　（依偎在他身边，像顺从的孩子似的深深地点了点头，从长睫毛下面柔和地看了志恢一眼，放低声音，很有一点感慨）这半年来，我也看了不少的事情，特别是最近，听听你跟叔叔的谈话，看看最近桂林的这种情况，我——（骤然地停住了话，凝视着他，然后又有一点支吾）我想——

尚志恢　你想什么？

孟小云　我想……你也许会笑我的，我想改变一下生活。

尚志恢　改变一下生活？怎么的生活？

孟小云　那，一时也说不上来，可是，我觉得现在这样的生活，实在很可怕，很危险。

尚志恢　那，你打算？……

孟小云　唔，我不说，（又是调皮地一笑）我正在想跳出这个所谓文化人的圈子……

尚志恢　（有意地反激她）腻了？找一点新的刺激？

孟小云　旁人都会这么讲的，可是，我没有这种动机……（瞟了他一眼，笑着说）最少我自己相信。

尚志恢　有这么大的决心？（依旧带着怀疑）

孟小云　当一个平时没有决心的人一朝有了决心的时候……（多少有一点为了表示她的骄矜，一个字一个字地说，当尚志恢正要讲话的时候，突然地拦住了他）瞧！（很快地把银鱼似的手指交叉起来）我——

尚志恢　喔，（很快地抓住了她的手，看了一下然后点了点头）你在骄傲你的理智！

孟小云　你不相信？当一个女孩子有了决心的时候。

〔志恢反射地站起身来离开一步，神色显得异样的仓皇。小云抬起头来，咏芬像一阵无声的风似的已经站在门外了，提着一只小小的藤篓，苍白的脸上带着疲劳的神色，似乎受了一种突如其来的激动，在屋檐下站定了一下，表情骤然地僵硬起来。在最初的一瞬间似乎打算回过身来退出这个使她感到难堪的场面，又是一种愤怒驱散了她的踌躇，横了横心，迈开脚步，直着眼睛，好像走进一间没有人的屋子似的闯进来了。

〔和志恢的窘促比较起来，小云的态度是自然而大方的，很快地迎上一步，带着笑，并不显得特别的殷勤，很自然的打算去接过她手里的藤篓，咏芬扭过半个身体避开了她，脸色冷酷到使人感到可怕的程度，有意使小云感到地将志恢上上下下打量了一下，然后浮着冷笑——

石咏芬　（回头来向小云）多谢。

孟小云　（偷偷地看了志恢一眼，依旧是平静的调子）尚太太，你休息吧，叔叔跟婶婶，怎么啦？（等了一下没有得到咏芬的回答，于是继续着）防空洞里真是太湿闷了，从前不放紧急我是不进洞的。

石咏芬　（粗暴地拉过一把椅子，坐下来，用笨拙的讥刺口吻说）那当然呀，防空洞哪儿有屋子里舒服啊！找个知心的人谈，又清净，又愉快。……

〔这几乎是粗鲁的嘲弄，使小云感到了很大的冲击，不自禁地低下头来，恰好她的眼光碰到咏芬的充满了敌意的视线，只能懒散地走开一步，骤然觉得脸上烧得厉害。

石咏芬　（直望着她，故意做了个吃惊的表情，用不必要的高声）怎么的，我说错了？唔，孟小姐……

尚志恢　（感到了对小云的歉意，终于拦住了她，冷冷地）咏芬……

石咏芬　（似乎没有听见，依旧浮着冷笑对小云）对不起，孟小姐，我来得不巧了，打搅了——（把语气加重）你们。

〔尚志恢激动地上前了一步，可是他没有开口，小云带笑而平静的调子阻止了他。

孟小云　哪里话，尚太太，为了小许，他要尚先生起草一个工作队的计划，（瞟了志恢一眼，然后笑了笑）自己又不敢跟他说，方才一定要我——

石咏芬　（表情并没有松弛，从鼻子里哼了一下，接上来）当然啦，他只听你孟小姐的话呀，（停顿了一下，补上一句）谈工作计划，真好，有说有笑的！

〔志恢很苦痛地走开，屋子里窒息般的没有声音，小云举起手来看了看手表，依旧很自然地耸了耸眉毛。

孟小云　（自语似的）四点一刻，唔，我得走了，尚先生，方才请你做的计划，还费心你赶一赶，他们就要出发……

〔志恢无言地点了点头，小云不想回身来向咏芬告别，可是在刹那间，咏芬打定了主意似的刷地站起身来，把半个身子挡住门口。

石咏芬　（高亢的嗓子）等一等，孟小姐，（然后咳嗽了一下，声音骤然地变得嘶哑）我有话想跟你谈谈。

孟小云　有话？好呀，尚太太……（掩住了内心的紧张，尽量平静）

石咏芬　请坐，（指着一把旁边的藤椅，看小云顺从地坐下了之后，把眼睛瞪着志恢，命令他）请你出去。

〔一阵痉挛似的痛苦，支配了志恢的全身，似乎在用最大的努力忍受残酷的刑罚，没有反响也没有声音。

石咏芬　叫你出去！（用带哑的声音说，等了一下，上前一步，用手指着他喊）听见了没有！

尚志恢　（抬起头来，勉强挣出了一句）我不走。你不能命令我。

孟小云　（觉得应该由她来讲话了，站起身来，赔着笑）尚太太……

石咏芬　（几乎是粗暴地拦住了她。气喘得厉害，将志恢睨视了一阵，然后坐下来）好，你不走，你是应该听的，我跟孟小姐讲的话。

孟小云　（等咏芬回过身来的时候，用柔和的口气说）尚太太，你好像很疲倦，你休息一下吧，有什么话，改一天说。

石咏芬　不！（用手阻止了她）改天就没有机会。

〔小云几乎听得到她心跳的声音，感觉得到她急促的呼吸，她低下了头，面色很苍白，于是在她耳边一个充满了讥诮的声音开始了。

石咏芬　啊哟，怎么的，孟小姐，你怕我伤害你？不，我不是一个粗人。（停了一下之后）我想请教你一个问题，因为，你也是一个女人。（重重地叹了口气，似乎平静了一点，用悲伤的调子说）一个女人，应该会懂得别个女人的苦处的。孟小姐，你懂得我吗？你能帮助我吗？——

孟小云　（这几乎是泣诉的调子使她骤然地感到了悲伤，抬起头来看她一眼，伸出手来握住了她，低声地）我懂，尚太太，帮助你，只要我能够。——

石咏芬　（明白地激动起来，用两只手握住了她）当真？你能……懂得我？我，谢谢你。

孟小云　（望着咏芬激动的表情，和荒凉的心境，就不禁感到了一阵冲塞起来的怆伤。这不是一个恶意的敌人，而只是一个可怜的弱者，为了尽量地使她平静，柔和地抚着她的手，委婉地）尚太太，你放心，只要我能够……你有什么——

石咏芬　（平时稳慢的举动，这时候变成了非常之急速，很快地拦住了她，依旧用兴奋的调子）不，不，我不用说了，你懂得我的苦处，就好了，你是个聪明人……

〔志恢茫然地听着，慢慢地抬起头来，似乎感到了一种渡过了危难的松弛。

孟小云 （轻轻地透了口气，摸出小帕揩了一下鬓间的潮汗，站起身来，望了望已往西斜的骄阳）尚太太，我得走了，还得回学校去，听说要疏散……

石咏芬 （跟着站起身来，犹疑地走了两步，好像重新打定了决心，转身）孟小姐。

孟小云 （低声）嗯。

石咏芬 我，还想跟你谈谈……（掠了志恢一眼，继续着）你能不能帮另一个人的忙？

孟小云 谁？（有点吃惊）

石咏芬 （再望了一眼志恢，迟疑了一下，热心地望着小云，走近了一步，然后打定了决心）小许先生。

孟小云 （有一点冲动，可是她不置可否地笑了一笑）噢……他？（低下了头，慢慢地走开）

石咏芬 （紧跟着她，性急地）孟小姐，我，我是不该说的，可是，他不是怪可怜吗？方才，我在路上碰到他……（透了口气，不转瞬地望着小云的表情，继续着）你们方才……喔，我不知应该怎么说，可是，孟小姐，我问了他，他不肯说，可是我懂，我看出来，几个月来，我看见过好几次，他，他老是叹气，苦恼……孟小姐，你，你能不能可怜可怜他……

孟小云 （深深地低下了头，面色变成了非常的暗淡，沉默了好

108

久之后，低声）这不是可怜不可怜的问题。

石咏芬　（还是热心地望着她）你们——那么……

孟小云　（苦痛地摇了摇头，用手掠了一下鬓发，多少带一点激
　　　　动的口气）尚太太，这个别谈吧，我知道，可是……

石咏芬　不，孟小姐，我想知道——

孟小云　（避开了她的眼光，想了一下，打定了主意，逃避一般
　　　　地走向门口，低声地）尚太太，我得走了，再见。

石咏芬　（着急地拉住了她，依旧用热心的口吻说）你说一句
　　　　话，好不好？我好回答他，孟小姐，你，在这个乱糟
　　　　糟的时势，你也得有个……

尚志恢　（一直听着，看着小云苦痛的表情，终于不自禁地）
　　　　咏芬！

石咏芬　（似乎没有注意到他的存在，几乎有点粗鲁地拦住了小
　　　　云，继续着）你不能可怜他，让他去苦……

孟小云　不，尚太太，你不会懂的，我也苦得很呀——（挣扎
　　　　着说，声调是暗淡的）

石咏芬　那么你，方才答应了帮我的忙，这不是，连小许先生
　　　　的问题，也解决了吗？

尚志恢　（终于站起来了，严厉地说）咏芬，旁人的事，你不用
　　　　多管。

石咏芬　（在这一刹那间脸色骤然变了，很快地回过身来，怒视
　　　　着他）你说什么？旁人的事？我别管，你就可以管？
　　　　你说！

尚志恢　（尽量地克服自己，可是调子还是相当的粗糙）这不是

儿戏的事情，各人有各人的想法。……

石咏芬　喔，对于这个问题，你有你的想法，对不对？

尚志恢　（还想避免正面冲突，不理会她的讥刺，依旧用劝解的
　　　　口吻）你，怎么可以逼着她回答这样的问题？你得
　　　　让……

石咏芬　（骤然激昂起来，用手指着他）逼她，你说我逼她？逼
　　　　了她你心痛，是不是？你是她的什么？你回护她？……
　　　　（一句比一句猛烈，一步比一步逼近）你打算欺侮我，
　　　　是不是？

孟小云　（想离开这个不愉快的场面，走到门口，可是一转念终
　　　　于又回过身来，用恳求的调子对咏芬）尚太太，别说
　　　　了，你今天太兴奋了？

石咏芬　（不礼貌地回头掠了小云一眼）不，我一点也不兴奋。
　　　　（依旧穷追着志恢）我倒正要听听你的，这，跟你有什
　　　　么相干？要你来讲话？

尚志恢　（调子也不觉粗暴起来）你不能胡说八道，讲话有一点
　　　　分寸。跟我没有相干，难道跟你……

石咏芬　（很快地接上来，哼了一下）对了，跟你相干，相干得
　　　　很，相干到不让她跟许先生……
　　　　〔志恢用听不清是什么话的高声喝止了她，像一颗要爆
　　　　炸的炸弹似的奔向咏芬前面，而她，也以一种半狂乱
　　　　的状态迎上了一步。

石咏芬　（在兴奋激怒的情形之下，再不能考虑身份和外观了。
　　　　把手叉在腰上，大声地喊）你打算，打算怎么样？我

怕你？怕你……

孟小云 （很快地用身子挡在两团猛火中间，然后回头来对志恢）尚先生，你不能……

〔正在这个时候，门外传来了一阵孟太太的充满怒诉的声音："我早说不必躲的，炸飞机场，这儿有什么！"

〔志恢骤然地清醒起来，后退了两步，于是——

孟小云 （很快地迎上一步，改变了一种并不严重而几乎是带笑的声音喊）好了好了，婶婶，你们劝劝尚先生……

〔孟太太睁圆了惊奇的眼睛，而文秀的神情却显出苦痛，孟太太抢上几步，把从防空洞里带回来的一个小口袋丢在地上，走到咏芬身边。

孟小云 （向文秀）叔叔，我叫小许来叫你，你干吗不早一点来呀？（若无其事地笑了笑）为了点小事情，尚先生脾气不好，吵起来了，要是您在……

孟文秀 喔。（低声地应了一句，仔细地观察了一下志恢和小云的神色）

〔咏芬被孟太太拉到右边的角上，狠狠地望了志恢一眼，想要讲话，可是一阵悲苦冲塞上来，就像骤然失却了支持的力量似的伏在椅背上哭泣起来。

孟文秀 （摸出手巾来揩了揩汗，尽可能地保持着平静，可是用严肃的口吻）志恢，你忘了我跟你讲的话了？你，不该有这种态度。

〔志恢颓丧地坐下来，痛苦地抱着头，没有言语。

孟太太 （陪坐在咏芬旁边，一面拾起一把扇子来给她扇着，一

111

边恶声地对文秀）我早说跟尚太太一起回来，你偏不走，没有解除，没有解除，只有你怕死，荒年乱世的，你的性命值几个钱一斤？

〔文秀没有理她，怜悯地凝视了志恢一下，然后回过身来，走到咏芬前面。

孟文秀 咏芬，听我的话，看开一点，志恢不是坏人，你去休息休息，有话慢慢谈吧。

孟小云 （一直在等待着机会，这时才走到咏芬身边，轻轻地给她整了下凌乱的头发，柔顺地几乎是耳语般的调子）对了，尚太太，你进去休息吧，叔叔会跟尚先生说的，我得走了，婶婶，我回学校去，你陪尚太太谈谈……（回头望了一眼文秀，再俯下来低声而又富于暗示地对咏芬）尚太太，你方才说的，我一定给你办到，你放心，噢，一定，一定。（整了整衣服，咏芬抑住了抽噎，感谢地望了小云一眼，无言地点了点头，又很伤心地俯下去了）

〔小云用分明是有点做作的轻快的步伐走到门口，对文秀和志恢挥了挥手，很快地走出门去了。文秀装了一斗烟，正待跟志恢讲话。

孟小云 （从窗外喊）叔叔，跟小许说，我，两三天就回来，要是他来的话。

孟太太 （半强制地扶着咏芬起来，边说）啊哟，别伤心了，大热天气，你身子不好，过一会又不舒服……（一边回过头来对志恢）尚先生，不是我帮尚太太，你呀，近来心境不好，脾气也得压压才对……（又对志恢做了一个眼色，然后扶着咏芬）好啦好啦，去揩把脸吧，气坏了身体犯不着，男人的脾气呀，哪一个不是一样，你听我，三天五天不跟他开口，让他想一想，怕他不来向你赔罪！（又对志恢作弄地挤了挤眼睛，匆匆地陪着咏芬进后室去了）

〔天渐渐地阴暗下来，房子里变成沉闷。文秀仰坐在藤椅上，静静地喷着烟，搁起的脚不断地抖着，经过了很久。

孟文秀　（眼睛望着远方，慢慢地）身体不好？

尚志恢　（无言，摇了摇头）

孟文秀　那么，累啦？这几天……

尚志恢　没有。

孟文秀　（沉默了一阵之后，坐起半个身体，用很沉重的调子）方才咏芬为了什么？

尚志恢　（忧郁地望了他一眼，然后绝望地）文秀，别再提了！

孟文秀　可是，这不是提不提的问题，问题没有解决，不能拖，也不能……

尚志恢　（神经质地站起来，很快地）那你要我——（这半句话立刻自己收住了）

孟文秀　（对于他的激动有点意外，轻轻地用手制止了他，连接地抽了几口烟，不堪感慨）莎士比亚有过一句格言，"弱者啊，你的名字叫作女人！"这句话，写尽了一部封建时代的女性历史，可是，（口气渐渐地变成非常锐利）我现在倒要改一改："弱者啊，你的名字叫作知识分子。"

尚志恢　（沉默，经过了思考之后，抬起头来）你要我坚强？

孟文秀　（很快地回答）对，要有决心。

尚志恢　怎么样的决心？

孟文秀　我们都是知识分子，我们都有弱点，（停了一下之后）但是，守住一个进步知识分子的本分，要有为人而不为我的决心，最少，要有不为自己的幸福而让旁人痛苦的决心。

尚志恢　你的意思是说——

孟文秀　要是你不觉得我讲的话太重，那么我说，踏过旁人的苦痛而走向自己的幸福，这是犯罪的行为。（目光炯炯地望着他，继续下去）你懂得我的意思！

尚志恢　（惨然地垂下了头，半晌之后低声地）这是你的诛心之论。

孟文秀　对，也许可以这么说，可是，你必须认识，人对人的关系，不像人对一件衣服，这不能随便脱掉。她将成为一个影子，一直站在前面。

尚志恢　（渐渐地苦痛起来，好容易挣扎着）我不敢想，老孟，你别说了，我懂！

孟文秀　那好。（重重地点了点头）悬崖勒马，正是时候。（站起来走了几步，到后房门口去静听了一下，神色缓和了一点，边走边说）志恢，这几天战事情形很紧，我看，到了这个地步，大家都得有个打算……

尚志恢　（脸色苍白得很，茫然地）唔，你打算……

孟文秀　逃，也逃得够远了，可以说已逃遍了大半个中国，我，这几天在想逃不逃的问题。

尚志恢　你不逃，耽在桂林?

孟文秀　不是这个意思，我们过去，只想到逃，逃也逃得太消极，现在，可逃的地方也不多了，我想我们得有一个新的办法。

尚志恢　什么办法? （稍稍振作了一下，似乎想从这个大问题中，得到小问题的解决）

孟文秀　我正在想，譬如说，假如桂林不守的话!

　　　　〔话没有完，不知道什么时候已经无声地站在志恢背后的孟太太插嘴进来了。

孟太太　亏你还悠闲自在，桂林呀衡阳的谈国家大事……（文秀和志恢两个同时地回过身来，孟太太满面忧容好像还滴了几滴眼泪，又急又恨地）古人说得好，齐家治国平天下，尚先生，先把家里的事平一平好不好?

孟文秀　（用手势抑止了她的高声，轻轻地问）咏芬怎么样? 她!

孟太太　咏芬怎么样? 请你去问你的那位宝贝的侄小姐! （本来就高亢的声音已经带着哭声了。文秀怕她讲出志恢受不了的话来，作揖打拱地劝阻她，于是，她很快地回转身来，愤愤地）好，我多嘴，多管闲事，过会儿闯出祸来，你负责任!

　　　　〔和孟太太的出去差不多同时，从窗外夕阳里掠过一个人影，志恢不安地回过身来，闯进来的是手里拿着一份晚报的小许。

孟文秀　喔，小许！

许乃辰　（脸上带着激动的神色，很快地把报纸递给文秀，气愤愤地）真快，我们全被蒙在鼓里。

孟文秀　（整了整眼镜，很快地脸色变了，无言地把报纸递给志恢，自言自语地）简直是长距离竞走……唔？小许，你的打算是？

许乃辰　（上前一步，性急地）实际上，衡阳三天前就丢了，否则，怎么会在黄沙河发现敌人……（喘了口气，不胜感慨地）此刻在挨户通知，紧急疏散，我看老孟，你跟尚先生应该很快地打定主意……

孟文秀　你呐？你打算……

许乃辰　（似乎掩不住有点骄矜的神色，很快地）我决定了，明早上就走。

孟文秀　去柳州？

许乃辰　不，先到平乐，布置一下，再到粤桂边境……

孟文秀　喔，那好，跟哪些人？

许乃辰　那儿是一个去处，（兴奋地，没有直接回答他的问题）我们不想再往西走。我们得留在这里，做一点事。

孟文秀　好，很好，（走近他）决定得这么快，你——

许乃辰　（很快地回答）不，我，已经想了很多天了，今天的形势逼着我们非如此不可。孟先生，你们也得赶快走，交通工具很困难，迟了也许会……

孟文秀 （点了点头）你放心，你——（好像突然想起了似的）喔，对了，方才小云回学校去了，她得两天之后回来——你，要不要赶快通知她，也许还来得及……

许乃辰 （一阵阴郁掠过他的脸上，可是，他很快地把它抑止了，摇了摇头，浮着惨笑低声地）不必了。（停了一下，努力用平静的调子）孟先生，告诉她我走了，我们有一大群同伴……她，请你多多地鼓励她，多做点事……（然后补上一句）她太年青，有时候会……打不定主意。

孟文秀 好，我一定，把你的话告诉她！你放心。

许乃辰 （旋过身来，向志恢伸出了手）尚先生，再见！我，走了。

〔志恢用感动的眼光望着他，紧紧地握了握手……

孟文秀 （出神地凝视着他，慢慢地伸出手来，握了一下，再在他的肩上拍了几下）好，好孩子，这是一个伟大的决心！到人民中间去！让我们在胜利的时候再见。

许乃辰 （深深地点了点头，感激地拍了拍他的肩膀）一定的，一定的，孟先生，保重，当心身体。

〔志恢脸上浮出了振奋的神色，感动地望着这个情景。

——幕下

选自《夏衍剧作集（二）》

中国戏剧出版社 1984 年版

作家的话 ◈

你没有写过以恋爱为主题的戏，朋友们这样对我提议。我承认这个事实，但我不承认这事实出于故意。

现在我打算写了，但我写的恐怕不是甜蜜而是辛酸。

正常的人没有一个能够逃得过恋爱的摆布，但在现时，我们得到的往往是苦酒而不是糖浆。

托尔斯泰说："人类也曾经历过地震，瘟疫，疾病的恐怖，也曾经历过各种灵魂上的苦闷，可是在过去，现在，未来，无论什么时候，他最苦痛的悲剧，恐怕要算是——床第间的悲剧了。"我同意他的话，但我不像他一般的绝望和悲观。我在他的文字中抹掉"未来"这两个字，因为我相信人类是在进步。

我望着天痴想：要是普天下的每一对男女能够把消费乃至浪费在这一件事情上的精力节约到最小限度，恋爱和家庭变成工作的正号而不再是负号，那世界也许不会停留在今日这个阶段吧。

我是从这个意义上同意托翁的话，而把"现今的"恋爱定义为人类生活中最苦痛的悲剧的。

我谴责自己，我谴责同时代的知识分子，但是，亲爱的读者，在叙述人生的这些愚蠢和悲愁时，我是带着眼泪的。

《〈芳草天涯〉前记》

评论家的话 ◈

这是作者所写"第一个以恋爱为主题"的戏，更准确一点说，是讨论婚姻问题的戏。保持着作者特有的清新冲淡的风格，并且在技巧方面更加洗练，更加文学地动人。……作者运用这一平凡的戏剧素材的黏土，塑造出一个个出色的艺术品；那么冲淡，像一泓秋水，清可见底；那么隽永，耐在咀嚼，耐人回味。

不同于一般剧作家的，他追求的不是所谓戏剧性的发掘，而是真实生活的再现，他所写的都是那么亲切，几乎可以捕捉得到，一种道地的契诃夫的味道。

他所要表达的人间斗争，往往是内在的，如同春波微漾，秋云舒卷，可以感觉，而不可以言传……用平凡的对话，来抒写夫妇间的不可究诘底困难，非常深刻。……我们读完卷首的"代序"和"前记"之后，觉得作者要告诉我们的，当不外离婚是人类踏上更高一级文化的梯子的幸福，在目前离婚，通常包含着一方面辛酸的眼泪。因此"践踏过一个女性的尸体而走向自己的幸福，把别人的痛苦铺成道路都是犯罪的行为，"从而主张"夫妻之间"反而应该有"争吵"，这样才能不断的向善向美走去。"夫妇是矛盾体，让他们互相冲突。理智做铁轨，人情做润滑油，结婚的车子才能不停地向前。"作者希望"恋爱和家庭变成工作的正号而不再是负号"。

把握了作者上面的理念，就不难了解剧本的主题所在。

……这无疑的是作者最好的一个剧本，无论从演出价值看，从文学价值看，都是一个稀有的收获。

乐少文《五个战时剧本》

王辛笛

◈ ## 手　掌

王辛笛，1912 年出生于天津。原名王馨迪。笔名有辛笛，心笛等。20 世纪 30 年代初毕业于清华大学外文系。曾留学英国爱丁堡大学，回国后任上海光华大学、暨南大学教授，担任银行职员等。此期间出版的诗集《珠贝集》《手掌集》，弥漫着由时代压抑与青春敏感糅合而成的孤寂和隐忧，意象飘逸，感悟精细，至今仍为诗坛所称赏。1949 年后，仍坚持业余写诗，但在畅朗的押韵口语中，诗意渐见稀释。出版诗集《辛笛诗稿》《印象·花束》等。2004 年去世。

形体丰厚如原野

纹路曲折如河流

风致如一方石膏模型的地图

你就是第一个

告诉我什么是沉思的肉

富于情欲而蕴藏有智慧

你更叫我想起

两颊丛髭一脸栗色的水手少年

粗犷勇敢而不失为良善

咸风白雨闯到头

大年夜还是浪子回家

吉卜西女儿惯于数说你的面相

说那一处代表生命与事业

又那一处代表爱情与旅行

她编造出一套套宿命的故事

和二月百啭的流莺比美

无非想赚取你高兴中的一点慷慨

你若往往当真

岂不定要误事

我喜欢你刚毅木讷而并非顺从

在你中心

摆上一个无意义的不倒翁

你立刻就限制他以行动的范围

洒上一匙清水

你立刻就凹成照见自己的湖沼

轻轻放下你时可以压死蚊蚋蜉蝣

高高举起你时可以呼吸全人类的热情

唯一不幸的，你有一个"白手"类的主人

你已如顽皮的小学生

养成了太多的坏习惯

为的怕皮肉生茧

你不会推车摇橹荷斧牵犁

永远吊在半醒的梦里

你从不能懂劳作后甜酣的愉快

这完全是由于娇纵

从今我须当心不许你更坏到中邪

被派作风魔的工具

从今我要天天拼命地打你

打你就是爱你教育你

直到你坚定地怀抱起新理想

不再笃信那十个不诚实的

过于灵巧的

属于你而又完全不像你的

触须似的手指

1946 年 6 月 30 日黎明

选自《文艺复兴》第 2 卷第 1 期

1946 年 8 月

作家的话 ≪

　　大学读书时，我曾广泛地吟味了西方诗歌，如 19 世纪浪漫主义的英国湖畔诗人以及雪莱、济慈，18 世纪蒲柏，更早的有弥尔顿、乔叟，但我对莎士比亚和 17 世纪玄学派诗人约翰·敦的诗篇，下至法国象征派的玛拉美、韩波，现代派中的叶芝、艾略特、里尔克、霍布金斯、奥登等人的作品，每每心折。同时对我国古典诗歌中老早就有类似象征派风格和手法的李义山、周清真、姜白石和龚定庵诸人的诗词，尤为酷爱。……随后，我去英国爱丁堡大学继续攻读英国文学。在那里，我会晤了艾略特、史本德、刘易斯、缪尔等诗人，时相过从，也亲眼看到了西方资本主义社会的"荒原"景象。度假期间，我曾在巴黎的一些画苑、博物馆流连忘返，在伦敦也听过一些音乐歌唱演奏会，使我深深爱上了 19 世纪后半叶印象派绘画和音乐的手法和风格，在著作中受到不小的影响。

《〈辛笛诗稿〉自序》

评论家的话 ≪

　　我不能说辛笛先生是一个博大的诗人，正相反，他的最大的缺憾似乎正是他所表现的中国传统文字风格的单薄与倩巧，他所最急需的正是一份深厚与淳朴。他的轻巧的体采与细腻的呼吸正好使他的诗显得不够有力。但这却并不妨害他有一份克腊西克（编按：Classic，意指内敛、蕴藉、恬静）的气质，圆润而晶莹，内在深沉的思想皆化为清新的精神风格与感情等价（Emotional equivalent of thought），和谐而中节，没有浮虚的伤感与过分的夸大；凡假托意象而抒情时，总那么伸缩自如；而凡直接欲有所呼唤或有所叫喊时，却总显得有点局促不安。当生活的叶脉隐潜，而意象逐渐显色时，一种闪烁的光彩，像一片透明的雾，便浮在我们的眼前，恬静、清晰，偶然一连串妙语，便像蜃楼突出于海市，使人惊美不已。

唐湜《辛笛的〈手掌集〉》

李拓之

文　身

　　李拓之，原名李点，字驰云。1914 年出身于福州一个知识分子家庭，由于是庶母所生，从小受到压抑。父亲不幸早逝，中学毕业后被迫自谋生计。大革命时期在地方报纸《朝报》主编《前夜》《明日》副刊，与朋友一起创办"野火社"，并开始写作诗歌、诗剧、小说与杂感。曾因发表友人的文章惹怒当局，入狱三个月，保释后来到上海，在浦东中学任教。抗战时期在郭沫若领导的第三厅工作，"皖南事变"以后被国民党当局认为是"嫌疑分子"而遭遣送。在重庆、上海等地流浪生活中写出了系列短篇历史小说《焚书》（上海南极出版社 1948 年 9 月版）。1949 年后曾在北京新华社工作，后在厦门大学中文系从事中国古典文学教学与研究。1957 年被错划为右派，次年被迫离校。20 年后平反返校，1983 年病逝。

北中原的季夏是炎酷的。六月秒的熏风到深夜子时已过，还不曾吹散蓼儿洼一带的滞热。虽则这周围八百里的水泊，堤岸边秋枫已经显出浅红，蟋蟀和螳蚰也在深草丛中开始夕鸣了。白昼的暑蒸是可以想象的，因为山田里待收割的禾稻，一枝一枝头晕似的倒卧下来，连岩层石壁都在悄悄吐散太阳晒过的气息。而前后寨山凹里酒店的灯光，躲在树叶缝中闪闪如醉眸，这分明是小喽啰们为了排遣伏暑的烦躁，在那里买酒过夜呢。

大寨里忠义堂上众头领夜宴才罢。筵席上残剩着整大块的牛蹄和马肝，七零八落的山梨皮和野栗壳，高高的兕觥，矮矮的犀爵，大大小小的金罍、铜斗、壶卢觚、铁砧俎、解腕尖刀……壁间插满乱晃晃的火把，几案上烛盘站着狠狠光焰的大蜡炬，它们挥发欢呼豪犷的余威，光波向四周有力地扩张、辐射，如锐利的箭矢奔驰在这一连串围隔着红锦幛的九座大厅堂的各角落。许多头领们都已起身回寨睡去了。在边数起第三座锦幛中，只剩下女头领一丈青扈三娘喝得两颊晕起朝霞，她偎倚在母大虫顾大嫂的肩膀上，一手端起醒酒汤，一手料理她蓬乱的云鬓。她的酒量怎及得顾大嫂呢——顾大嫂是满大碗的一口气喝了十几碗，才拍手狂笑，以至于将发髻上野秋葵抖落酒碗中。她笑扈三娘太怯弱了，喝酒的气力都不及男人，亏她练得一双好青鸾刀。但这时非帮她醒酒不可，于是，她用手指按住扈三娘的脖子，在雪蜡蛴似的后颈上，摸捏出两条发酵的砂痕，再在她眉心鼻梁之间，撮剪出一点媚红的痣，烛光下的一丈青简直像一位西域观音女模样，比起她和矮脚虎结婚仪典那一夜更为俏丽了。这种按摩手术是祖传秘诀，非有一身拳脚能耐的人轻易学不来的。一丈青展眸向顾大嫂一笑，仿佛回答她这流星般的眼珠子，连壁上半出鞘的刀光剑影都闪动起森寒娇艳的锋芒。

她扶着顾大嫂走出围幛。喽啰们醉得东歪西倒的满地睡着，人静了，夜风冉冉吹过窗幔，冲散了一丈青眉间的杀气。她今晚显得很温文柔顺，掠起长袖，露出手尖，向壁间取下一柄火把，两个人穿花似的走过宴堂。她眼睛尖快，当走入当中一座围幛中时，忽见一只胖大肉团晃荡荡横在座角。她以为是未被吃掉的大祭牲呢，定睛一看，却是花和尚鲁智深，他脱得光溜溜醉倒沉檀交椅上，睡得十分浓饱。

"咦！这和尚。"一丈青不由吃一惊。

"别动他！不是好惹的。"顾大嫂拉她走开。

"怕什么？"一丈青生来拗脾气，她偏要停足看一看。反正花和尚是睡着的，况且她这时已经睨到这个白胖人体上，隐隐跳跃着绚烂璀璨的光彩，如五色陆离的毛毛虫，在那里爬动。有一种诱惑的力，逼使她举起火把向花和尚全身上下照一照。

在火光下，花和尚的大脑袋包着花巾，掩过浓眉，在一只红糟隆鼻和一张血腥大口之畔，是刮得光鲜的一部络腮渗赖胡子的芽根。交椅上的长幅豹皮遮住他的下半身，袒褪了全部左肩膊和半爿胸脯。在臃肿而虬络的筋肉上，露出一帧极其工巧的刺绣图案。他的皮肤是古铜色的，肉素是属于丰足的脂肪质。肩部至肘部，刺绘着深蓝色铁线描的交结流云和间架对月，中间距隔着三枚朱红色的圆太极。胸膛正中一丛黑毛里隐约见一方泥金回文，周围旋绕着暗金色的连环、古钱、双斧、攀戟的滚边栏杆，这之外是黑檀色鸥吻形的水波浪，向腹部撒泼地泻去。这样把各个不同拼成相同，构成充满壮奇奔放气氛的画面，显然这是关西名手所雕饰，把花和尚这人的性格完全给摹刻出来了。一丈青看得发呆，她急于要细谛这鸥吻形的水波浪到底在腹部以下是描成怎样的脉纹？她颤巍巍伸出好奇的纤手去摸那脐眼上盖着的豹皮。不提防顾大嫂一把抓住她："要死的！当心秃驴……"话还未了，花和尚一转身鼻尖起了轻雷，又打起浓浊鼾声睡过去。吓得一丈青夹脖子涌起羞红，回过脸去，火把的焰穗散落满身。她俯首看自己时，这才发现在几张交椅纵横的缝隙，正挺卧着一个黑汉子，这人不是短命二郎阮小五是谁？他只穿一条红绸裤子，上半身是全裸的。当她们把交椅移开以后，吱吱发出叫声的火把，照见阮小五满身紫槟榔色的皮肉，筋络狞恶地缠结而又隆起，一疙瘩一疙瘩地看了教人牙齿发痒。一霎中一丈青的视线又给这奇异的男人肉体所吸住，她不由拉过顾大嫂并排蹲下去细看：一个塌鼻的阔面孔，铜钱般几颗大黑麻点，唇角向左右弓起，咬得紧紧的，显出凶狠和强毅。他的肉素是胆质的，肌体扎实坚韧，翘肩阔胛如一排铁墙。一丈青突而悟到他是个游泳健者。想起自己丈夫三寸丁的肢架，又短又小，简直是一副活动骷髅。她情不自禁地抚摩阮小五毛氄氄的胸脯，审视时：胸前绣一只青面獠牙的豹头，刺纹凹陷深入，色泽浓泼沉淀，几乎全部是用青靛来縻漆的。那豹子亮晶晶恶眼，像一匹噬人癞狗！即使一丈青的柔润指尖化一阵春风抚拂过阮小五的胸膛，也不能慰解或抑平他那燃烧炽烈的满腔怒火。他的横隔膜是一座决了水的堤坝，使他心涛起落，胸腹波动，仿佛听见这个深山水怪在月黑风高中顿足不平挥刀狂叫！一丈青的手指灼伤了，那滚烫的胸脯使她触到熊熊红炭般的疼痛，登时阮小五全身蒸发的酒热就像一口熔冶的火炉，教她靠拢不得而满身出汗地站起来。

顾大嫂牵她走出围幕，几乎跌了一跤。原来脚下绊着的又是两个醉卧人体，那是九纹龙史进和浪子燕青。一丈青今晚的眼膜有些变态吧，她格外被这深夜山堂的灯光酒彩所刺激，变得感受性特别强烈，眼皮上下跳着，面前翔舞着奇怪的线符，迷离的彩色，加以高亢的烦热和醇酣的气味，调和成一片惝恍幻惘。有如自己跨了白马在战阵上交锋，旗幡挥旋急卷，鸾刃交剪翻飞，两旁血雨喷射，喝彩如潮。的确，她醉酒还没有全醒，不但口吻焦干，而且眼瞳也有点旱渴。她欲饿也要看，看一种色泽鲜浓的精巧图绘，教眼珠满足，看一种剽悍放浪的江湖色相，教情绪撒野，她这时想起：九纹龙史进是个美男子，而浪子燕青更是风流人物，都比矮脚虎强多了。他俩身上花绣是有名的，何不看个饱看个腻呢？这美丽雕刺无限蛊惑的男人的躯体呀。

一丈青捧过一支回风烛盘，用手护着红蜡炬的光波，投掷下剪刀般的眸子，随光波向人身倾泻：

靠上首是史进。他身材高大生得虎背熊腰，骨骼结构十分停匀。他面向下，倒覆着睡在地板上，裸的上半身从腰以上交错盘旋着九条斑龙。他的皮肤红润明洁，饱满活力，显然是多血质的。斑龙的分排位置，上峻下宽，如北斗星，又如宝塔。她细看这沥丹的九条龙，姿势各各不同，有的蜷缩如虾，有的回旋如蠖，有的迤伸如蚯蚓，有的蛰伏如蚕蛹，有的交缠如髻线，有的倒舒如半剪。其间睛、喙、角、须、鳞、爪，绣绘得针路分明，刺痕完整，一毫一芒，就像摹印在皮上，镌琢在肉里一般，这硃龙的结构夭矫劲健，给人以一种轻捷迅疾的感觉，看了视官灵活，意绪爽朗，无疑的是一个生命强旺毫无缺陷的壮美人体型。

靠下首是燕青。他仰卧着，略有些侧脸，满头柔黑的发，长眉、秀目和高鼻子。下身穿一条白绫裤子，扎着浅绛色的腰帕。上躯系一领玄绸无臂褙子、卸开襟纽，褪露出胸腹，是一身晶莹的白肉，他的皮层纤细，肌理腻弱，是神经质的。在这上面几乎刺满了花绣，自左肩至腕，绣着一只紫色的燕子和一对淡黄色的蝴蝶，夹着一朵一朵鲜翠绣球花，花瓣霏霏飘落，有残有整。胸前绣一枚朱线睡莲，下边一只青蛙，四围掩覆以圆圆的绿荷叶，弯弯的水鱼草。脐部附近，更绣着点点滴滴的野兰、天菊、满天星之类，显得花雨缤纷，光彩繁缛。那针工真的精致已极，设色匀淡谐和，造型条缕绵密。这样神奇的手艺施之于这样皎美的人体，有如一个细笔的画工渲金染碧在一张无瑕的白绢。令人看了始而惊诧，继而叹惋，终而怜惜悲悯，眼波流荡，光影摇移，沉浸入凄迷惆怅的幻域，浮漾起绵属缱绻的遐思……

一丈青给迷惘住了，她想：浪子的名字并不虚传呢！他跑遍花街柳巷，走尽草泽水乡，会射雕弓、驰骏马、吹笙箫、踢蹴鞠、呼卢喝雉、走狗斗鸡。他这一身图绘更不知受过多少眼睛的赏鉴与多少手指的抚摩？他曾炫耀夸张，顾盼自喜的吧，这狠心的针刺，这作孽的肌肤！

夜的蓼儿洼卷起大风涛，四山树木吹叫如笛子，而山堂中郁烈的酒氛依然飘然未尽。一丈青手里的灯盘倾欹，凝然落下温热的红泪，滴在自己拖地襟裾的边缘，教娇艳如桃李冷酷如冰霜的她，今晚的性格不得不有些变异了。

当她被顾大嫂牵扯回到自己房中以后，她开始厌弃沉睡在自己身畔的矮脚虎，这一无可取的丈夫！他既不浩荡莽苍如花和尚，又不猛鸷桀厉如短命二郎，更不劲挺雄伟如九纹龙，尤其不文雅白皙如浪子燕青呀。他的皮相是这样拙陋，状貌是这样猥琐，他不能归类入哪一种的人型，他是无品汇无属性的一匹庸碌牲口！一丈青吁一口气，立被吹熄了烛光，闭上眼眸：一闪一烁的刺纹，花花绿绿的图彩，各个不同的色调、线条、形象，交织成一座锦绣的山，把她压挤得如烟如梦。

在一架嵯峨的琥珀山屏旁边，横着长方幅的大理石冰榻。——这是劫生辰纲得来的宝物，分赠王英做婚礼的。在绿绢的灯光下，一丈青颦着眉毛坐在暗隙里。

"三娘！你不怕痛吗?"刺绣名工玉臂匠金大坚捧过一个大锦盒，笑着说。灯光照见他唇上细微的髭须。

"唔。不怕呢!"一丈青摇着头。

"实在也不痛呵。"圣手书生萧让在翻阅手中的图案册叶。

"唔……那么，请宽衣吧!"金大坚安静地说。他已经打开锦盒了。

一丈青有些不好意思。但终于背过脸，在灯波摇曳中，窸窸窣窣褪去了全身的服饰。她光洁的肢体裸坐在石榻上，如一堆寒玉，几只尖嘴蚊子在四旁幽幽唱逐起来。

"你当是蚊子叮好了，如果有点痛的话。"金大坚向锦盒中取出了画笔、染盘、吸色棉、止痛剂，最后捡出一支蚁鼻蛾腿的细金针，在绢灯下剔视了一会。他脸转向萧让：

"先画上图样吧！"

萧让早已翻出昨天扈三娘自己选中的花式。他向图册凝视半晌，很快拿起画笔，走近一团冷冰冰的石榻上的女体，面对着，端详地在她两乳上各钩出一只猫头鹰，之后，在她胸腹中间钩出一只银面狐狸，它的长尾巴一直垂到小腹以下，弯过左腿边。

"好了，快些上针！"萧让一口气钩毕，连呼吸都屏窒着。这时他站在一旁看玉臂匠展惊神泣鬼的奇技。

一丈青的眼睫毛合成一线，她盘膝趺坐，两手垂围，状如妙尼打禅。她用耳朵去倾听：金大坚咬着第一针刺入她的左乳，那是猫头鹰的瞳孔。她眉峰蹙紧，肌肤收缩一下，可有些痛。但第二三针以后，便不感到怎样难受，只如千万匹蚂蚁在乳房上爬来爬去。而这蚂蚁，爬完右乳便爬到左乳，足足两个时辰才停住了。乳房如一对悬挂的鸟巢，猫头鹰凄瑟地栖止在上面。萧让递过染料，猫眼吸入晶蓝，钩喙点上暗红，翅膀和身是深灰色的。

"唔，休息一下吧。"一丈青忽而睁开眼，比猫头鹰的还大。

"不。这不能停的！"金大坚颤着手，鼻翼沁出汗粒。

"哦，我的腿酸哩。"

"不行。不要动！"

"我倒下来好不好？"一丈青悲苦地说。

"唔。好吧好吧，快一点！"金大坚十分焦躁。

一丈青仰面倒下，如雪人的溶解。金大坚半边腿跪在地袱上，他侧着头，细眯两眼：当前是一片柔润的长短弧线，随着金针轻刺的节拍，在灯光下眩惑流动，仿佛笔尖点在春湖的水波，滴滴落落

132

漂漾向悠远而又悠远。梦幻般一只狐狸的影子浮映在湖波中，它恬静地蹲伏着，闪动妖异的眸子，告诉人以一幅人间最虚妄的凄美和最荒诞的哀愁。

剩下来的是狐狸的饰色了。它贴以银叶，饫以丹汞，鬃涂以玛瑙和珊瑚的屑末，有如粉垩一座雪色的宫墙，又如雕镂一柱圆形的画栋。一丈青窒息地躺着，全身如僵冻的石膏。刺破的毛孔中迸涌出无数血斑点，颗颗凝结，就像苞吐的花蕊。

"好了吗?"一丈青说。声音有点凄惨，黑睫毛缝隙中泫着泪珠。

"好了好了。还有一忽儿!"金大坚掠一下头巾，一绺鬓发坠在前额边。

当金大坚俯伏着吮吸尽了一丈青身上的血斑点，他终于伸直了身，唾出口中的血水，颓然坐在地上。一丈青骨碌里坐起，用手去摸自己被针刺和涂漆的皮肤，已经麻木迟钝了似的。但她忽又一翻身扑倒石榻上，锁紧眉毛喊着：

"哎哟! 痛哩痛哩。"她面向下，两腿挺直，足趾抵在榻上，躯体悬空，腰背如起伏的潮，全身痉挛地呻吟着。

掩映于绿绢旒苏之内的灯光，这时更收缩得紧小，风帘飕飕吹拂，灯彩便时而阴暗时而露明地舒卷不定。一丈青裸袒的背部和股部，如寒泉中沉浸着水晶，绿波里漾晃着玻璃一样，漂散着一层层折叠折叠的波浪向四围伸展开去。这样迷幻的轮廓与晕惑的光影，教刺花能手的玉臂匠倏又万分技痒起来，他抖一抖手臂，舒强筋骨毕剥作响，从地上迅速爬起，更不说话，抢过呆在那里的萧让手中的画笔，就在这光波摇闪浪纹重叠的雪白帧幅上，狠狠地钩出一条缠绕弯曲的水蛇来。

"不要刺了哩！"一丈青哭泣地喊，但全身已没有了气力，仆下去，发颤地蠕动着。

这时金大坚的刺手，和以前大不相同了。他从轻描微点到浓画密钩，更从徐针慢刺到猛戮毒螫！他简直不当她是人是肉，开始暴戾地剔开肌路穿透皮层，一针像一条鞭，一刺像一把剑，仿佛要答烂她剁碎她，连皮带骨把她吃下肚里去似的。甚至一丈青越是在下面痛楚地哀叫厉呼，他便越快活越高兴，而且越见精神抖擞充满腕力，咬牙切齿更顽强更残忍地刺去！汗颗从全身涌出，湿透了一领分襟的橙黄衫子。

一条水蛇蜿蜒在一丈青的背上。萧让向锦盒中取出满满的盏熟沥青，金大坚拣出半匙翡翠片和一勺琉璃粉，搅和得均匀，循缘着蛇头、蛇腹及蛇尾，浓浓地泼下，肌肤犹同受了蜜渍，吱吱地叫着吸尽了。登时肉层被颜色渗透，咬得发肿，绣针落脚的纹缕，鳞鳞凸出，状如纯绿浮雕。

"好看哪。真不愧叫一丈青呢！"萧让眨眨眼皮。

夜，深沉得死一样，远山幽涧中疏落地敲过五声的更柝，余响坠入深林。闷热的暑蒸分明已经消尽，房里空气渐渐凉冷下来。

一丈青自石榻上撑起。她走向靠窗的镜架，拉开镜幕，光一闪，这镂脂斫玉的躯体灼灼如繁星。一阵风吹过，她失去了烦热和旱渴，突而打一个寒噤！这千针万针的痛楚便很快的收拢聚集，教她忍不住发抖，全身的彩色旋卷旋卷旋卷，随着绿绢灯光的聚散明灭，光涛汹涌像青色的海水。仿佛人世的悲惨与恚怒，苦毒和冤屈，一齐在她身上集中。又仿佛梁山泊里许多英雄好汉被奴役被侮辱，被虐待被迫害的怨情闷气，所有贼官污吏豪强刁滑的忍心辣手倒行逆施，一齐在她身上吐泄和晕现一样。她忽然一声厉鬼似的绝叫！头发披散，如母夜叉，胸前的猫头鹰和腹部的狐狸以及背上的蛇蝎，连结成一片妖异、魅惑和毒蛊，她要跳出这窗槛，走入深篁丛莽中，化为一只叛逆去咬碎这当前的残酷和羞耻！

全身淫虐鞭挞的创痕在跳跃。一丈青疯狂地和痛楚搏斗着，她的牙齿震震发响，整个山寨整个北中原都被摇撼战栗起来似的。

萧让和金大坚吓倒地下。

天上黑云布得密密，蓼儿洼的风浪翻腾呼啸，满山树叶簌簌下坠。这是走近黎明的最后一刻。

1946 年 11 月

选自《李拓之作品选》

海峡出版社 1986 年版

评论家的话 ◈

如果细加品味，同样描写女性的肉体，沈从文的《看虹录》与李拓之的《文身》给读者的美感是不同的。前者典雅、和谐，后者狂放，充满力的美。但如果再与同时代追求力的美的作品相比较，李拓之的文笔又显然不同于《饥饿的郭素娥》的作者路翎，《大江》的作者端木蕻良。李拓之笔下的女性，在强悍的生命力背后，更有一种"妖异，魅惑和毒蛊"的美（是的，这也是一种美）。他的文字，更要繁富，华丽：仿佛是作者的想象力过于丰富，感受到的"声光采色太繁丽，太绚烂"（这是作者另一篇小说《惜死》里的话），排山倒海般从笔端冲决而出，给读者以逼人的压迫感。人们往往批评这类精力、想象力、创造力都过剩的作家，文字过于堆砌，雕琢，冗长，不知节制。这也许不无道理。但所谓缺陷，从另一面看或许正是一种特点：看似堆砌，雕琢，其实也是一种繁富、华丽的美。这类华丽、繁富的风格、文体在丰富现代文学语言的艺术表现力，使之能够在中国的文学土壤里立足、扎根，是有着特别的意义的。从文学美感的多元化的发展的角度来看，我们长期习惯于平实的，冲淡的，含蓄的，自然的，简洁的，节制的美，这本身是无可非议的；但如将其推于极端，视为美的极致，并以此作为唯一的美学尺度，进而排斥与其对立的妖艳、怪异的，华丽的，雕琢的，繁富的美，那就会造成一种美学趣味的褊狭。

钱理群《〈文身〉的艺术》

巴 金

生离死别 （《寒夜》节选）

　　巴金，原名李尧棠，字芾甘，笔名有黑浪、余一等。1904 年生于四川成都一个官僚地主家庭。在五四新文化运动的影响下，开始接受无政府主义，1923 年离家求学，并在上海、南京等地从事实际的社会活动。1927 年赴法国留学，这期间完成第一部中篇小说《灭亡》，描写了一个俄国民粹派式的革命青年的献身故事，一举成名。以后的创作主要表现两大题材：一个是探索青年知识分子寻求理想的道路，代表作有《新生》《爱情三部曲》等；另一个是批判旧式家庭制度对青年人的戕害，代表作有《激流三部曲》（《家》《春》《秋》等），其中《家》为五四新文学运动以来的优秀长篇小说之一。1935 年与友人创办文化生活出版社，编辑《文学丛刊》《译文丛书》等，为新文学的发展做出了切实的贡献。其作品的语言风格明快单纯，充满激情，常以倾诉甚至哭诉代替叙事，对广大青年学生产生过积极的影响。抗战后创作风格有所转变，情感有所收敛，技巧也更加圆熟，以描写小人物的悲欢情感为主，通过对一些平庸而善良的人的心理刻画，来寄托远逝的理想。代表作有《憩园》《第四病室》《寒夜》等。20 世纪 50 年代以后继续从事写作，力图歌颂新的英雄人物，但艺术上成功的不多。"文化大革命"中因遭受迫害而反省。晚年写作五卷《随想录》和一卷《再思录》，深刻总结"文化大革命"中"人变成兽"的教训，严格解剖和批判自己，提出要讲"真话"和建立"文革博物馆"，成为一面代表知识分子良知的旗帜。

《寒夜》是巴金的后期著作，1947 年由晨光出版公司出版。作品描写了抗战后期重庆一个小知识分子家庭的破裂。其时巴金的创作风格已发生转变，由浪漫转向朴素，由激情转向平实，英雄主义的亢奋被日常琐事的细节描写所取代。汪文宣、曾树生夫妇本来是一对富有事业心和献身精神的知识分子，他们大学毕业，追求爱情与理想的统一，对生活充满信心和勇气。可是，由于战争，由于日常生活中贫困和疾病的折磨，特别是在长期仰人鼻息的社会环境中讨生活，他们的理想、性格、心理状态都不能不发生扭曲。汪文宣成了一个可怜的小公务员，懦弱、善良却无能，曾树生则凭姿色当了银行"花瓶"，必须应付感情与经济的双重压力。这种贫困及心理的沉重负担给家庭带来严重危机，再加上婆媳不和，夫妻吵嘴……终于走向破裂。曾树生随人他去，汪文宣吐血身亡。本文节选的是小说第 21、22、23 章，写曾树生将随陈主任到兰州去工作，这一对夫妻生死离别的痛苦心理。作家把汪文宣、曾树生、汪母三人之间复杂而又微妙的关系，把汪文宣面对与妻子分离的绝望心理和肺病患者的生理痛苦，都刻画得淋漓尽致。标题为编者所加。

他做了一个可怕的梦：她丢开他跟着另一个男人走了；母亲也好像死在什么地方了。他从梦中哭醒，他的眼睛还是湿的。他的心跳得厉害，他倾听着这敲鼓似的声音。他张开嘴，睁大眼睛，想在黑暗中看出什么来。但是屋子很黑，就好像有一张黑幕盖在他的头上和全身一样。他觉得气紧，呼吸似乎不十分畅快。胸部还在隐隐地痛，他疲乏地闭上眼睛，但是他立刻又睁开，因为那个可怕的梦境在他的眼前重现了。

　　"我究竟在什么地方？"他疑惑地想，"是死还是活？"四周没有人声，然而并不是完全静寂的，因为屋子里充满了细小的声音。"我一个人。"他寂寞地说了出来。忽然一阵心酸，他又落下了眼泪。

　　"真是走的走、死的死了吗？"他痛苦地问自己。没有回答。他翻了一个身，又一个身。"怎么一点动静也没有？"他想道。"我在做梦吗？"他的手摸着自己颊上的泪痕。他的喉咙发痒，他咳起嗽来。

　　他突然揭开被，跳下床。他扭开了电灯，屋子亮起来，灯光白得像雪似的，使他的眼睛差一点睁不开。他披着衣服站在方桌前。他第一眼便看他那个睡在床上的妻，谢谢天。妻睡得很好，棉被头盖着她下半个脸，黑黑的长睫毛使她睡着的时候也像睁开眼睛一样。她的额上没有一条皱纹，她还是像十年前那样地年轻。他看看自己，丝棉袍的绸面已经褪了色，蓝布罩衫也在泛白了。他全身骨头一齐发酸、发痛，痰似的东西直往喉管上冒。他同她不像是一个时代的人。他变了！这并不是一个新发现。但是这一次却像有一个拳头在他的胸膛上猛击一下。他的身子晃了晃，他连忙扶着方桌站定了。

他在方桌前立了一会儿。他忽然打了一个寒噤，他不自觉地把头一缩。屋子里依然很亮。老鼠又在啃地板，外面街上有一个人的脚步声，那个人走得慢，而且用一种衰老而凄凉的声音叫着："炒米糖开水！"他无可奈何地叹了一口气。

他把眼光掉向母亲的房门。门关着，里面传出来一个人的鼾声，是小宣的，并不太高，不过他听得出。他们睡得很好。他侧耳再听，那还是小宣的鼾声。"这孩子也可怜，偏偏生在我们家里。"他想。"妈也是，老来受苦，"他又叹一口气，"不过幸好他们都很平安。"这一个念头倒给了他一点安慰。

接着他咳了两声嗽，他觉得痰贴在喉管上，他必须咳出它来。他不敢大声咳，他害怕惊醒妻和母亲。他慢慢地咻着。他的胸部接连地痛。他摸出手帕掩住嘴。他走到书桌前，跌坐在藤椅上。

他咻了好几声，居然把痰咳出来了；他要吐它在地上，可是痰贴在他的舌尖、唇边，不肯下地。"我连这点点力气也没有了。"他痛苦地、灰心地想道。

他吐出痰后，觉得喉咙干，想喝两口茶。他便站起来。他无意间把书桌上一件黑黑的东西撞落在地上。他即刻弯下身去拾那件东西。那是树生的手提包。他拾起来，手提包打开了，落下几张纸和一支唇膏。他再俯下身去拾它们。他看见了那张调职通知书。

他把通知书拿在手里，又坐回到藤椅上，他仔细地读着。虽然那上面不过寥寥几行字，他却反复不厌地念了几遍。他好像落在冷窖里一样，他全身都冷了。

"她瞒着我。"他低声自语道。接着他又想：她为什么要瞒我呢？

我不会妨碍她的。他感到一种被人出卖了以后的痛苦和愤慨。他想不通，他默默地咬着自己的下嘴唇。胸部还是隐约地在痛。他用左手轻轻擦揉着胸膛。"病菌在吃我的肺，好，就让它们吃个痛快罢。"他想。

"她真的要走吗？"他问自己。他又埋下头看手里那张调职书。他用不着再问了。那张纸明明告诉他，她会走的。

"走了也好，她应该为自己找一个新天地。我让她住在这里只有把她白白糟蹋。"他安慰自己地想。他又把头掉过去看她。她已经向里翻过了身，他只看见她一头黑发。"她睡得很好。"他低声说。他把头放在靠背上，闭着眼睛，休息了一会儿，通知书仍然捏在他的手里。

他忽然又惊醒似地睁开眼睛，屋子里多么亮！多么静！多么冷！他又掉过头去看她。她还睡在床上，但是又翻过了身来，面向着他，并且把右膀伸到被外来了。这是一只白而多肉的膀子。"她会受凉的。"他想着，就站起来，走到床前，把她的膀子放回到被里去。他轻轻地拿着她的手，慢慢地动着，但是仍然把她惊醒了。

她起先哼了一声，慢慢地睁开眼睛。"你还不睡？"她问道。但是接着她又吃惊地说："怎么，你下床来了！"

"我看见你一只膀子露在外面，怕你着凉。"他低声解释道，通知书还捏在手里。

她感激地对他一笑，然后慢慢地把眼光移到别处去。她忽然看见了那张通知书。

"怎么在你手里？"她惊问道，就坐起来，把睡衣的领口拉紧一点，"你从哪里找到的？"

"我看见了，"他埋下头答道，他的脸立刻发红。他连忙加上一句解释，"你的手提包从桌上掉下来打开了。"

"我今天才拿到它。我还不知道应该怎么办。"她抱歉似地说，她记起来是自己大意把手提包忘记在书桌上的。她打了一个冷噤，连忙用棉被裹住自己的身子。

"你去罢，我没有问题。"他低声说。

"我知道，"她点点头。她看见他望着自己好像有多少话要说，却又说不出来，她心里也难过，"我本来不想去，不过我不去我们这一家人怎么生活——"

"我知道。"他结结巴巴地说，打断了她的话。

"陈主任帮我订飞机票，说是下星期三走。"她又说。

"是。"他机械地答道。

"横竖我也没有多少行李。西北皮货便宜，我可以在那边做衣服。"她接下去说。

"是，那边皮货便宜。"他没精打采地应道。

"我可以在行里领路费，还可以借支一笔钱，我先留五万在家里。"

"好的。"他短短地回答。他的心像被木棒捣着似的痛得厉害。

"你好好养病。我到那边升了一级，可以多拿薪水，也可以多寄点钱回家。你只管安心养病罢。"她愈说愈有精神，脸上又浮起了微笑。

他实在支持不下去，便说："我睡啰。"他勉强走到书桌那边，把通知书放回她的手提包里，然后回到床前，他颓然倒下去，用棉被蒙着头，低声哭起来。

她刚刚闭上了眼睛，忽然听见他的哭声。她的兴奋和愉快一下子都飞散了。她觉得不知道从哪里掉下许多根针，全刺在她的心上。她唤一声："宣！"他不答应。她再唤一声。他仍然不答应，可是哭声却稍微高了些。她再也控制不住自己的感情。她掀开自己的棉被，也拉开他的棉被，把半个身子扑到他的身上，伸出两只膀子搂着他，不管他怎样躲开，她还是把他的脸扳过来。她流着眼泪，呜咽地喃喃说："我也并不想去。要不是你妈，要不是大家的生活……我心里也很苦啊！……我一个女人，我……"

从这一晚起，他又多了做梦的资料。梦折磨着他。每晚他都得不到安宁。一个梦接连着另一个。在梦中他不断地跟她分别，她去兰州或者去别的地方，有时甚至在跟他母亲吵架以后负气出走。醒来，他常常淌一身冷汗。他无可奈何地叹一口长气，他知道自己的病已经很深了。

晚上妻睡在他的旁边。他为了自己的病，常常避免把脸向着她。他们睡在一处，心却隔得很远。妻白天出门，晚上回家也不太早。她有应酬，同事们接连地替她饯行。她每晚回家，总看见母亲在房里陪伴他，但是等她跨进了门，母亲就回到小屋去了。然后她坐在床沿上或者方桌前凳子上絮絮地讲她这一天的见闻。现在她比平日讲话多，他却较从前沉静寡言。他常常呆呆地望着她，心里在想分别以后还能不能有重见的机会。

不做梦时他喜欢数着他们以后相聚的日子和时刻，日子和时刻逐渐减少，而他的挣扎也愈加痛苦。让她去，或者留住她？让她幸福，或者拉住她同下深渊？

"你走后还会想起我么？"他常常想问她这句话，可是他始终不敢说出来。

五万元交来了：两万元现款和一张银行存单。妻告诉他，存"死期"，每半个月，办一次手续，利息有七分光景。到底妻比他知道得多！妻的行装也准备好了。忽然她又带回家一个好消息：飞机票可能要延迟两个星期。她也因为这个消息感到高兴。她还对他说，她要陪他好好地过一个新年。对他来说，当然再没有比这个更能够安慰他的了。他无法留住她，却只好希望多和她见面，多看见她的充满生命力的美丽的面颜。

但是这样的见面有时也会给他带来痛苦。连他也看得出来她的心一天一天地移向更远的地方。跟他分离，在她似乎并不是一件十分痛苦的事。她常常笑着对他说："过三四个月我就要回来看你。陈主任认识航空公司的人，容易买到飞机票，来往也很方便。"他唯唯应着，心里却想："等你回来，不晓得我还在不在这儿。"他觉得要哭一场才痛快。可是痰贴在他的喉管里，他用力咳嗽的时候，左胸也痛，他只好轻轻地咻着，这咻声她也听惯了，但是仍然能够得到她的怜惜的注视，或者关心的询问。

他已经坐起来，并且在房里自由地走动了。除了脸色、咳嗽和一些动作外，别人不会知道他在害病。中药还在吃，不过吃得不勤。母亲现在也提起去医院检查、照 X 光一类的话。然而他总是支吾过去。他愿意吃中药，因为花钱少，而且不管功效如何，继续不断地吃着药，总可以给自己一点安慰和希望。

有时他也看书，因为他寂寞，而且冬天的夜太长，他睡尽了夜，不能再在白天闭眼。他也喜欢看书、走动、说话，这使他觉得自己的病势不重，甚至忘记自己是一个病人，但是母亲不让他多讲话，多看书，多走动；母亲却时时提醒他：他在生病，他不能像常人那样地生活。

可是他怎么能不像常人那样地生活呢？白天躺在床上不做任何事情，这只有使他多思索，多焦虑，这只有使他心烦。他计算着，几乎每天都在计算，他花去若干钱，还剩余若干。钱本来只有那么一点点，物价又在不断地涨，他的遣散费和他妻子留下的安家费，再加上每月那一点利息，凑在一起又能够用多久呢？他仿佛看着钱一天一天不停地流出去，他束着手无法拦住它。他没有丝毫的收入，只有无穷无尽的花费……那太可怕了，他一想起，就发呆。

有一次母亲为他买了一只鸡回来，高兴地煮好鸡汤用菜碗盛着端给他吃。那是午饭后不久的事。这两天他的胃口更不好。

"你要是喜欢吃，我可以常常煮给你吃。"母亲带点鼓舞的口气说。

"妈，这太花费了，我们哪里吃得起啊！"他却带着愁容回答，不过他还是把碗接了过来。

"我买得很便宜，不过千多块钱，吃了补补身体也好。"母亲被他浇了凉水，但是她仍旧温和地答道。

"不过我们没有多的钱啊，"他固执般地说，"我身体不好，偏偏又失了业。坐吃山空，怎么得了！"

"不要紧，你不必担心。横竖目前还有办法，先把你身体弄好再说。"母亲带笑地劝道，她笑得有点勉强。

"东西天天贵，钱天天减少，树生还没有走，我们恐怕就要动用到她那笔钱了。"他皱着眉头说。鸡汤还在他的手里冒热气。

母亲立刻收起了笑容。她掉开头，想找个地方停留她的眼光，但是没有找到。她又回过脸来，痛苦而且烦躁地说了一句："你快些吃罢。"

他捧着碗喝汤，不用汤匙，不用筷子，还带了一点慌张不安的样子。母亲在旁边低声叹了一口气。她仿佛看见那个女人的得意的笑容。她觉得自己的脸在发烧。她埋下头。但是他的喝汤的响声引起了她的注意。"很好，很好。"他接连称赞道，他的愁容消失了。他用贪婪的眼光注视着汤碗。他用手拿起一只鸡腿在嘴边啃着。

"妈，你也吃一点罢。"他忽然抬起头看看母亲，带笑地说。

"我不饿。"母亲轻轻地答道。她用爱怜的眼光看他。她心里难受。

"我不是病，我就是营养不良啊，我身体以后会慢慢好起来的。"他解释般地说。

"是啊，你身体会慢慢好起来的。"母亲机械地答道。

他又专心去吃碗里的鸡肉，他仿佛从来没有吃过好饮食似的。他忽然自言自语："要是平日吃得好一点，我也不会得这种病。"他一面吃，一面说话。母亲仍然站在旁边看他，她一会儿露出笑容，一会儿又伸手去揩眼睛。

"他的身体大概渐渐好起来了。他能吃，这是好现象。"她想道。

"妈，你也吃一点。味道很好，很好。人是需要营养的。"他吃完鸡肉，用油手拿着碗，带着满足的微笑对母亲说。

"好，我会吃。"母亲不愿意他多讲话，就含糊地答应了，其实她心想："就只有这么一只瘦鸡，给你一个人吃还嫌少啊。"

她接过空碗，拿了它到外面去。她回来的时候，他靠在藤椅上睡着了。母亲轻手轻脚地走过去，想给他盖上点什么东西，可是刚走到他面前，他忽然睁开眼唤道："树生！"他抓住母亲的手。

"什么事？"母亲惊问道。

他把眼睛掉向四周看了一下。随后他带了点疑惑地问：

"树生还没有回来？"

"没有。连她的影子也看不见。"她带着失望的口气回答。他不应该时常想着树生。树生对他哪点好？她（树生）简直是在折磨他，欺骗他！

他沉默了一会儿，忽然露出了苦笑。"我又在做梦了。"他感到寂寞地说。

"你还是到床上去睡罢。"母亲说。

"我睡得太多了，一身骨头都睡痛了。我不想再睡。"他说，慢慢地站起来。

"树生也真是太忙了。她要走了，也不能回家跟我们团聚两天。"他扶着书桌，自语道。他转过身推开藤椅，慢步走到右面窗前，打开掩着的窗户。

"你当心，不要吹风啊。"母亲关心地说。她起先听见他又提到那个女人的名字，便忍住心里的不痛快，不讲话，但是现在她不能沉默了，她不是在跟他赌气啊。

"太气闷了，我想闻一点新鲜空气。"他说。可是他嗅到的冷气中夹杂了一股一股的煤臭。同时什么东西在刮着他的脸，他感到痛和不舒服。

天永远带着愁容。空气永远是那样地沉闷。马路是一片黯淡的灰色。人们埋着头走过来。缩着颈项走过去。

"你还是睡一会儿罢，我看你闲着也无聊。"母亲又在劝他。

他关上窗门，转过身来，对着母亲点了点头说："好的。"他望着他的床，他想走过去，又害怕走过去。他无可奈何地叹了一口气。"日子过得真慢。"他自语道。

后来他终于走到床前，和衣倒在床上，但是他仍旧睁着两只眼睛。

母亲坐在藤椅上闭着眼睛养神。她听见他在床上连连地翻身，她知道是什么思想在搅扰他。她有一种类似悲愤的感觉。后来她实在忍耐不住，便掉过头看他，一面安慰他说："宣，你不要多想那些事。你安心睡罢。"

"我没有想什么。"他低声回答。

"你瞒不过我，你还是在想树生的事情。"母亲说。

"那是我劝她去的，她本来并不一定要去。"他分辩道，"换个环境对她也许好一点。她在这个地方也住厌了。去兰州待遇高一点，算是升了一级。"

"我知道，我知道，"母亲加重语气地说，"不过你光是替她着想，你为什么不想到你自己？你为什么只管想到别人？"

"我自己？"他惊讶地说，"我自己不是很好吗！"他说了"很好"两个字，连他自己也觉得话太不真实了，他便补上一句："我的病差不多全好了，她在兰州更可以给我帮忙。"

"她？你相信她！"母亲冷笑一声。接着轻蔑地说，"她是一只野鸟，你放出去休想收她回来。"

"妈，你对什么人都好，就是对树生太苛刻。她并不是那样的女人。而且她还是为了我们一家人的缘故才答应去兰州的。"他兴奋地从床上坐起来说。

母亲呆呆地望着他，忽然改变了脸色，她忍受似地点着头说："就依你，我相信你的话。……那么，你放心睡觉罢。你话讲多了太伤神，病会加重的。"

他不作声了。他埋着头好像在想什么事情。母亲用怜悯的眼光望着他，心里埋怨道：你怎么这样执迷不悟啊！可是她仍然用慈爱的声音对他说："宣，你还是睡下罢，这样坐着会着凉啊。"

他抬起头用类似感激的眼光看了母亲一眼。停了一会儿，他忽然下床来。"妈，我要出去一趟。"他匆匆地说，一面弯着身子系皮鞋带。

"你出去？你出去做什么？"母亲惊问道。

"我有点事。"他答道。

"你还有什么事？公司已经辞掉你了。外面冷得很，你身体又不好。"母亲着急地说。

他站起来，脸上现出兴奋的红色。"妈，不要紧，让我去一趟。"他固执地说，便走去取下挂在墙上洋钉上面的蓝布罩袍来穿在身上。

"等我来，"母亲不放心地急急说，她过去帮忙他把罩袍穿上了，"你不要走，走不得啊！"她一面说，一面却取下那条黑白条纹的旧围巾，替他缠在颈项上。"你不要走。有事情，你写个字条，我给你送去。"她又说。

"不要紧，我就会回来，地方很近。"他说着，就朝外走。她望着他，突然觉得自己像是在梦中一样。

"他这是做什么？我简直不明白！"她孤寂地自语道。她站在原处思索了片刻，然后走到他的床前，弯下身子去整理床铺。

她铺好床，看看屋子，地板上尘土很多，还有几处半干的痰迹。她皱了皱眉，便到门外廊上去拿了扫帚来把地板打扫干净了。桌上已经垫了一层土。这个房间一面临马路，每逢大卡车经过，就会扬起大股的灰尘送进屋来。这一刻她似乎特别忍受不了肮脏。她又用抹布把方桌和书桌连凳子也都抹干净了。

　　做完这个，她便坐在藤椅上休息。她觉得腰痛，她用手在腰间擦揉了一会儿。"要是有人来给我捶背多好啊。"她忽然想道。但是她马上就明白自己处在什么样的境地了，她责备自己："你已经做了老妈子，还敢妄想吗！"她绝望地叹一口气。她把头放在靠背上。她的眼前现出了一个人影，先是模糊，后来面颜十分清楚了。"我又想起了他。"她哂笑自己。但是接着她低声说了出来："我是不在乎，我知道我命不好。不过你为什么不保佑宣？你不能让宣就过这种日子啊！"她一阵伤心，掉下了几滴眼泪。

　　不久他推开门进来，看见母亲坐在藤椅上揩眼睛。

　　"妈，你什么事？怎么在哭？"他惊问道。

　　"我扫地，灰尘进了我的眼睛，刚刚弄出来。"她对他撒了谎。

　　"妈，你把我的床也理好了。"他感动地说，便走到母亲的身边。

　　"我没有事，闲着也闷得很，"她答道。接着她又问，"你刚才到哪里去了来？"

　　他喘了两口气，又咳了两三声嗽，然后掉开脸说："我去看了老钟来。"

　　"你找他什么事？你到公司去过吗？"她惊讶地问道，便站了起来。

　　"我托他给我找事。"他低声说。

"找事？你病还没有全好，何必这样着急！自己的身体比什么都要紧啊。"母亲不以为然地说。

"我们中国人身体大半是这样，说有病，拖起来拖几十年也没有问题。我觉得我现在好多了，老钟也说我比前些天好多了。他答应替我找事。"他的脸上仍旧带着病容和倦容，说起话来似乎很吃力。他走到床前，在床沿上坐下。

"唉，你何必这样急啊！"母亲说，"我们一时还不会饿饭。"

"可是我不能够整天睡着看你一个人做事情。我是个男人，总不能袖手吃闲饭啊。"他痛苦地分辩道。

"你是我的儿子，我就只有你一个，你还不肯保养身体，我将来靠哪个啊？……"她说不下去，悲痛堵塞了她的咽喉。

他把左手放到嘴边，他的牙齿紧紧咬着大拇指。他不知道痛，因为他的左胸痛得厉害。过了一会儿，他放下手，也不去看指上深的齿印。他看他母亲。她默默地坐在那里。他用怜悯的眼光看她，他想："你的梦、你的希望都落空了。"他认识"将来"，"将来"像一张凶恶的鬼脸，有着两排可怕的白牙。

两个人不再说话，不再动。这静寂是可怕的，折磨人的。屋子里没有丝毫生命的气象。街中的人声、车声都不能打破这静寂。但是母亲和儿子各人沉在自己的思想中，并没有走着同一条路，却在一个地方碰了头而且互相了解了：那是一个大字：死。

儿子走到母亲的背后。"妈，你不要难过，"他温和地说，"你还可以靠小宣，他将来一定比我有出息。"

母亲知道他的意思，她心里更加难过。"小宣跟你小时候一模一样，这孩子太像你了。"她叹息似的说。她不愿意把她的痛苦露给他看，可是这句话使他更深更透地看见了她的寂寞的一生。她说得不错。小宣太像他，也就是说，小宣跟他一样地没有出息。那么她究竟有什么依靠呢？他自己有时也在小宣的身上寄托着希望，现在他明白希望是很渺茫的了。

"他年纪还小，慢慢会好起来。说起来我真对不起他，我始终没有好好地教养过他。"他说，他还想安慰母亲。

"其实也怪不得你，你一辈子就没有休息过，你自己什么苦都吃……"她说到这里，又动了感情，再也说不下去，她忽然站起来，逃避似的走到门外去了。

他默默地走到右面窗前，打开一面窗，天像一张惨白脸对着他。灰黑的云像皱紧的眉。他立刻打了一个冷噤。他觉得有什么东西冷冷地挨着他的脸颊。"下雨啰。"他没精打采地自语道。

背后起了脚步声，妻走进房来了。不等他掉转身子，她激动地说："宣，我明天走。"

"明天？怎么这样快？不是说下礼拜吗？"他大吃一惊，问道。

"明天有一架加班机，票子已经送来，我不能陪你过新年了。真糟，晚上还有人请吃饭。"她说到这里不觉皱起了眉尖，声调也改变了。

"那么明天真走了？"他失望地再问。

"明早晨六点钟以前赶到飞机场。天不亮就得起来。"她说。

"那么今晚上先雇好车子，不然怕来不及。"他说。

"不要紧，陈主任会借部汽车来接我。我现在还要整理行李，我箱子也没有理好。"她忙忙慌慌地说。她弯下身去拿放在床底下的箱子。

"我来给你帮忙。"他说着，也走到床前去。

她已经把箱子拖出来了，就蹲着打开盖子，开始清理箱内的衣服。她时而站起，去拿一两件东西来放在箱子里面，她拿来的，有衣服，有化妆品和别的东西。

　　"这个要带去吗？""这个要吗？"他时不时拿一两件她的东西来给她，一面问道。

　　"谢谢你。你不要动，我自己来。"她总是这样回答。

　　母亲从外面进来，站在门口，冷眼看他们的动作。她不发出丝毫的声息，可是她的心里充满了怨愤。他忽然注意到她，便大声报告："妈，树生明早晨要飞了。"

　　"她飞她的，跟我有什么相干！"母亲冷冷地说。

　　树生本来已经站直了，要招呼母亲，并且说几句带好意的话。可是听见母亲的冷言冷语，她又默默地蹲下去。她的脸涨得通红，但她只是轻轻地哼了一声。

　　母亲生气地走进自己的小屋去了。树生关上箱盖，立起来，怒气已经消去一半。他望着她，不敢说一句话。但是他的眼光在向她哀求什么。

　　"你看，都是她在跟我过不去，她实在恨我。"树生轻轻地对他说。

　　"这都是误会，妈慢慢会明白的。你不要怪她。"他小声回答。

　　"我不会恨她，我看在你的面上。"她温柔地对他笑了笑，说。

　　"谢谢你，"他赔笑道，"我明早晨送你上飞机。"他用更低的声音说。

　　"你不要去！你的身体受不了，"她急急地说，"横竖有陈主任照料我。"

末一句话刺痛了他的心。"那么我们就在这间屋里分别?"他痛苦地说,眼里含着泪光。

"不要难过,我现在还不走。我今晚上早点回来,还可以陪你多谈谈。"她的心肠软了,用同情的声调安慰他说。

他点了点头,想说一句"我等你",却又说不出来,只是含糊地发出一个声音。

"你睡下罢,站着太累,你的病还没有完全好啊。我可以在床上坐一会儿。"她又说。

他依从了她的劝告躺下了。她给他盖上半幅棉被,然后坐在床沿上。"明天这个时候我不晓得是怎样的情形,"她自语道,"其实我也不一定想走。我心里毫无把握。你们要是把我拉住,我也许就不走了。"这是她对他说的真心话。

"你放心去好了。你既然决定了,不会错的。"他温和地回答,他忘了自己的痛苦。

"其实我自己也不晓得这次去兰州是祸是福,我连一个可以商量的人也没有,你又一直在生病,妈却巴不得我早一天离开你。"她望着他,带了点感伤和烦愁地说。

"病"字敲着他的头。她们永远不让他忘记他的病!她们永远把他看作一个病人!他叹了一口气,仿佛从一个跟她同等的高度跌下来,他最后一线游丝似的希望也破灭了。

"是啊,是啊。"他无可奈何地连连说,他带着关切和爱惜的眼光望着她。

"你气色还是不好,你要多休息,"她换了关心的调子说,"经济问题倒容易解决。你只管放心养病。我会按月寄钱给你。"

“我知道。”他把眼光掉开说。

“小宣那里我今天去过信，”她又说。但是没有让她把话说完，汽车的喇叭声突然在楼下正街上响起来了。她略微惊讶地掉过脸来，朝那个方向望了望，又说下去，“我要他礼拜天进城来。”喇叭似乎不耐烦地接连叫着。她站起来，忙忙慌慌地说：“我要走了，他们开车子来接我了。”她整理一下衣服，又拿起手提包，打开它，取出了小镜子和粉盒、唇膏。

他坐起来。“你不要起来，你睡你的。”她一面说，一面专心地对镜扑粉涂口红。但是他仍旧下床来了。

“我走啰，晚上我早一点回来。”她说着，掉过脸，含笑地对他点一个头，然后匆匆地走出门去。

屋子里寒冷的空气中还留着她的脂粉香，可是她带走了清脆的笑声和语声。他孤寂地站在方桌前面，出神地望着她的身影消去的地方，那扇白粉脱落了的房门。“你留下罢，你留下罢！”他仿佛听见了自己的内心的声音。但是橐橐的轻快的脚步声早已消失了。

母亲走出小屋，带着怜悯的眼光看他。“宣，你死了心罢，你们迟早要分开的。你一个穷读书人哪里留得住她！”母亲说，她心里装满了爱和恨，她需要发泄。

他埋下头看看自己的身上，然后把右手放到眼前，多么瘦！多么黄！倒更像鸡爪了！它在发抖，无力地战抖着。他把袖子稍稍往上挽。多枯瘦的手腕！哪里还有一点肉！他觉得全身发冷。他呆呆地望着这只可怕的手。他好像是一个罪人，刚听完了死刑的宣告。母亲的话反复地在他的耳边响着：“死了心罢，死了心罢。”的确他的心被判了死刑了。

他还有什么权利，什么理由要求她留下呢？问题在他，而不是在她。这一次他彻底地明白了。

母亲扭开电灯，屋子里添了一点亮光。

他默默地走到书桌前，用告别一般的眼光看了看桌上的东西，然后崩溃似的坐倒在藤椅上。他用两只手蒙着脸。他并没有眼泪。他只是不愿意再看见他周围的一切。他放弃了一切，连自己也在内。

"宣，你不要难过，女人多得很。等你的病好了。可以另外找一个更好的。"母亲走过去，用慈爱的声音安慰他。

他发出一声痛苦的哀叫。他取下手来，茫然望着母亲。他想哭。为什么她要把他拉回来？让他这个死刑囚再瞥见繁华世界？他已经安分地准备忍受他的命运，为什么还要拿于他无望的梦来诱惑他？他这时并不是在冷静思索，从容判断，他只是在体验那种绞心的痛苦。树生带走了爱，也带走了他的一切；大学时代的好梦，婚后的甜蜜生活，战前的教育事业的计划……全光了，全完了！

"你快到床上去躺躺，我看你不大好过罢。要不要我现在就去请个医生来，西医也好。"母亲仍旧不能了解他，但是他的脸色使她惊恐。她着急起来，声音发颤地说。

"不，不要请医生。妈，不会久的。"他绝望地说，声音弱，而且不时喘气。他摇摇晃晃地站起来。

"你说什么？等我来搀你。"母亲吃惊地说，她连忙搀扶着他的右肘。

"妈，你不要怕，没有什么事，我自己可以走。"他说，好像从梦里醒过来一样。他摆脱了母亲的扶持，离开藤椅，走到方桌前，一只手压在桌面上，用茫然的眼光朝四周看，昏黄的灯光，简陋的陈设，每件东西都发出冷气。突然间，不发出任何警告，电灯光灭了。眼前先是一下黑，然后从黑中泛出了捉摸不住的灰色光。

"昨天才停过电，怎么今天又停了？"母亲低声埋怨道。

他叹了一口气。"横竖做不了事，就让它黑着罢。"他说。

"点支蜡烛也好，不然显得更凄凉了。"母亲说。她便去找了昨天用剩的半截蜡烛点起来。烛光摇曳得厉害。屋子里到处是黑影。不知从哪里进来的风震摇着烛光，烛芯偏向一边，烛油水似的往下流。一个破茶杯倒立着，做了临时烛台，现在也被大堆烛油焊在桌上了。

"快拿剪刀来！快拿剪刀来！"他并不想说这样的话，话却自然地从他的口中漏出来，而且他现出着急的样子。这样的事情不断地发生，他已经由训练得到了好些习性。他做着自己并不一定想做的事，说着自己并不一定想说的话。

母亲拿了剪刀来，把倒垂的烛芯剪去了。烛光稍稍稳定。"你现在吃饭好吗？我去把鸡汤热来。"她说。

"好嘛。"他勉勉强强地答道。几小时以前的那种兴致和食欲现在完全消失了。他回答"好"，只是为了敷衍母亲。"她为什么还要我吃？我不是已经饱了？"他疑惑地想道。他用茫然的眼光看母亲。母亲正拿了一段还不及大拇指长的蜡烛点燃了预备出去。

"妈，你拿这段长的去，方便点。"他说，"我不要亮。"他又添一句。他想：有亮没有亮对我都是一样。

"不要紧，我够了。"母亲说，仍旧拿了较短的一段蜡烛出了房门。

一段残烛陪伴他留在屋子里。

"又算过了一天，我不知道还有多少天好活。"他自语道，不甘心地叹了一口气。

没有人答话。墙壁上颤摇着他自己的影子。他不知道自己应该坐下还是站着，应该睡去还是醒着。他甚至不知道自己要做什么动作。他仍旧立在方桌前，寒气渐渐地浸透了他的罩衫和棉袍。他的身子微微颤抖。他便离开方桌，走了几步，只为了使身子暖和一点。

"我才三十四岁，还没有做出什么事情。"他不平地、痛苦地想道。"现在全完了。"他惋惜地自叹。大学时代的抱负像电光般地在他的眼前亮了一下。花园般的背景，年轻的面孔，自负的言语……全在他的脑子里重现。"那个时候哪里想得到有今天？"他追悔地说。

"那个时候我多傻，我一直想着自己办一个理想中学。"他又带着苦笑地想。他的眼前仿佛现出一些青年的脸孔，活泼、勇敢、带着希望……他们对着他感激地笑。他吃惊地睁大眼睛。蜡烛结了烛花，光逐渐暗淡。房里无限凄凉。"我又在做梦了。"他不去剪烛花，却失望地自语道。他忽然听见了廊上母亲的脚步声。

"又是吃！我这样不死不活地挨日子又有什么意思！"他痛苦地想。

母亲捧了一菜碗热气腾腾的鸡汤饭进来，她满意地笑着说："我给你煮成了鸡汤饭，趁热吃，受用些。"

"好！我就多吃一点。"他顺从地说。母亲把碗放在方桌上。他走到方桌前一个凳子上坐下。一股热气立刻冲到他的脸上来。母亲俯着头在剪烛花。他看她。这些天她更老了。她居然有那么些条皱纹，颧骨显得更高，两颊也更瘦了。

"连母亲也受了我的累。"他不能不这样想。他很想哭。他对着碗出神了。

"快吃罢，看冷了啊。"母亲还在旁边催促他。

他吃过晚饭后就盼望着妻，可是妻回来得相当迟。

时间过得极慢。他坐在藤椅上或者和衣躺在床上。他那只旧表已经坏了好些天了，他不愿意拿出一笔不小的修理费，就让它静静地躺在他的枕边。他不断地要求母亲给他报告时刻。……七点……八点……九点……时间似乎故意跟他为难。这等待是够折磨人的。但是他有极大的忍耐力。

终于十点钟又到了。母亲放下手里的活计，取下老花眼镜，揉揉眼睛。"宣，你脱了衣服睡罢，不要等了。"她说。

"我睡不着。妈，你去睡。"他失望地说。

"她这样迟还不回来，哪里还把家里人放在心上？明天一早就要走，也应该早回来跟家里人团聚才是正理。"母亲气恼地说。

"她应酬忙，事情多，这也难怪她。"他还在替他的妻子辩解。

"应酬，你说她还有什么应酬？还不是又跟她那位陈主任跳舞去了。"母亲冷笑地说。

"不会的，不会的。"他摇头说。

"你总是袒护她，纵容她！不是我故意向你泼冷水，我先把话说在这里搁起，她跟那位陈主任有点不明不白——"她突然咽住以后的话，改变了语调叹息道："你太忠厚了，你到现在还这样相信她，你真是执迷不悟！"

"妈，你还不大了解她，她也有她的苦衷。在外面做事情，难免应酬多，她又爱面子，"他接口替妻辩护道，"她不见得就喜欢那个陈主任，我相信得过她。"

"那么我是在造谣中伤她！"母亲勃然变色道。

他吃了一惊，偷偷看母亲一眼，不敢作声。停了一两分钟，母亲的脸色缓和下来，那一阵愤怒过去了，她颇后悔自己说了那句话，她用怜惜的眼光看他。她和蔼地说："你不要难过，我人老了，脾气更坏了。其实这样吵来吵去有什么好处！——我也不明白为什么她那样看不起我！不管怎样，我总是你的母亲啊！"

他又得到了鼓舞，他有了勇气。他说："妈，你不要误会她，她从没有讲过你的坏话。她对你本来是很好的。"他觉得有了消解她们中间误会的机会和希望了。

母亲叹了一口气，她指着他的脸说："你也太老好了。她哪里肯对你讲真话啊！我看得出来，我比你明白，她觉得她能够挣钱养活自己，我却靠着你们吃饭，所以她看不起我。"

"妈，你的确误会了她，她没有这个意思。"他带着充分自信地说。

"你怎么知道?"母亲不以为然地反问道。就在这时候电灯突然亮了。整个屋子大放光明。倒立的茶杯上那段剩了一寸多长的蜡烛戴上了一大朵黑烛花，现着随时都会熄灭的样子。母亲立刻吹灭了烛，换过话题说："十点半了，她还没有回来！你说她是不是还把我们放在眼里！"

他不作声，慢慢地叹了一口气。他的左胸又厉害地痛起来。他用乞怜的眼光偷偷地看母亲，他甚至想说：你饶了她罢。可是他并没有这样说。他压下了感情的爆发（他想痛哭一场）。他平平淡淡地对母亲说："妈，你不必等她了。你去睡罢。"

"那么你呢?"母亲关心地问。

"我也要睡了。我瞌睡得很。"他故意装出睁不开眼睛的样子，并且打了一个呵欠。

"那么你还不脱衣服？"母亲又问。

"我等一会儿脱，让我先睡一觉。妈，你把电灯给我关了罢。"他故意慢吞吞地说，他又打了一个呵欠。

"好的，你先睡一觉也好，不要忘记脱衣服啊。"母亲叮嘱道。她真的把电灯扭熄了。她轻手轻脚地拿了一个凳子，放在掩着的门背后。于是她走进她那间小屋去了。她房里的电灯还亮着。

他并无睡意。他的思潮翻腾得厉害，他睁着眼睛望那扇房门，望那张方桌，望那把藤椅，望一切她坐过、动过、用过的东西。他想：到明天早晨什么都会变样了。这间屋子里不会再有她的影子了。

"树生！"他忽然用棉被蒙住头带了哭声暗暗地唤她。他希望能有一只手来揭开他的被，能有一个温柔的声音在他的耳边轻轻回答："宣，我在这儿。"

但是什么事都不曾发生过。母亲在小屋里咳了两声嗽，随后又寂然了。

"树生，你真的就这样离开我？"他再说。他盼望得到一声回答："宣，我永远不离开你。"没有声音。不，从街上送进来凄凉的声音："炒米糖开水。"声音多么衰弱，多么空虚，多么寂寞。这是一个孤零零的老人的叫卖声！他仿佛看见了自己的影子，缩着头，驼着背，两只手插在袖筒里，破旧油腻的棉袍挡不住寒风。一个多么寂寞、病弱的读书人。现在……将来？他想着，他在棉被下面哭出声来了。

幸好母亲不曾听见他的哭声。不会有人来安慰他。他慢慢地止了泪。他听见了廊上的脚步声，是她的脚步声！他兴奋地揭开被露出脸来。他忘了泪痕还没有揩干，等到她在推门了，他才想起，连忙用手揉眼睛，并且着急地翻一个身，使她在扭开电灯以后看不到他的脸。

她走进屋子，扭燃了电灯。她第一眼看床上，还以为他睡熟了。她先拿起拖鞋，轻轻地走到书桌前，在藤椅上坐下，换了鞋，又从抽屉里取出一面镜子，对着镜略略整理头发。然后她站起来，去打开了箱子，又把抽屉里的一些东西放到箱子里去。她做这些事还竭力避免弄出任何响声，她不愿意惊醒他的梦。但是正在整理箱子的中间，她忽然想到什么事，就暂时撇下这个工作，走到床前去。她静静地立在床前看他。

他并没有睡去，从她那些细微的声音里他仿佛目睹了她的一举一动。他知道她到了他的床前。他还以为她就会走开，谁知她竟然在床前立了好一阵。他不知道她在做什么。他不能再忍耐了。他咳了一声嗽。他听见她小声唤他的名字，便装出睡醒起来的样子翻一个身，伸一个懒腰，一面睁开眼来。

"宣，"她再唤他，一面俯下头看他，"我回来迟了。你睡了多久了?"

"我本来不要睡，不晓得怎样就睡着了。"他说了谎，同时还对她微笑。

"我早就想回来，谁知道饭吃得太迟，他们又拉着去喝咖啡，我说要回家，他们一定不放我走……"她解释道。

"我知道，"他打断了她的话，"你的同事们一定不愿意跟你分别。"这是敷衍的话。可是话一出口，他却觉得自己失言了。他绝没有讥讽她的意思。

"你是不是怪我不早回来?"她低声下气地说,"我不骗你,我虽然在外面吃饭,心里却一直想到你。我们要分别了,我也愿意同你多聚一刻,说真话,我就是怕——"她说到这里便转过脸朝母亲的小屋望了望。——

"我知道。我并没有怪你,"他接嘴说,"你的行李都收拾好了吗?"他改变了话题问。

"差不多了。"她答道。

"那么你快点收拾罢,"他催她道,"现在大概快十一点了。你要早点睡啊,明天天不亮你就要起来。"

"不要紧,陈主任会开汽车来接我,车子已经借好了。"她顺口说。

"不过你也得早起来,不然会来不及的。"他勉强装出笑容说。

"那么你——"她开始感到留恋,她心里有点难过,说了这三个字,第四个字硬在咽喉,不肯出来。

"我瞌睡。"他故意打了一个假哈欠。

她似乎沉思了一会儿,然后她抬起头说:"好的,你好好睡。我走的时候你不要起来啊。太早了,你起来会着凉的。你的病刚刚才好一点,处处得小心。"她叮嘱道。

"是,我知道,你放心罢。"他说,他努力做出满意的微笑来,虽然做得不太像。可是等她转身去整理行李时,他却蒙着头在被里淌眼泪。

她忙了将近一个钟头。她还以为他已经睡熟了。事实上他却一直醒着。他的思想活动得快,它跑了许多地方,甚至许多年月。它超越了时间和空间的限制,但是它始终绕着一个人的面影。那就是她。她现在还在他的近旁，可是他不敢吐一口气，或者大声咳一下嗽，他害怕惊动了她。幸福的回忆，年轻人的岁月都去远了。……甚至痛苦的争吵和相互的折磨也去远了。现在留给他的只有分离（马上就要来到的）和以后的孤寂。还有他这个病。他的左胸又在隐隐地痛。她会回来吗？或者他能够等到她回来的那一天吗？……他不敢再往下想。他把脸朝着墙壁，默默地流眼泪。他后来也迷迷糊糊地睡了一些时候。然而那是在她上床睡去的若干分钟以后了。

他半夜里惊醒，一身冷汗，汗背心已经湿透了。屋子里漆黑，他翻身朝外看，他觉得有点头晕，他看不清楚一件东西。母亲房里没有声息。他侧耳静听。妻在他旁边发出均匀的呼吸声。她睡得很安静。"什么时候了？"他问自己。他答不出。"她不会睡过钟点吗？"他想。他自己回答："还早罢，天这么黑。她不会赶不上，陈主任会来接她。"想到"陈主任"，他仿佛挨了迎头一闷棍，他愣了几分钟。什么东西在他心里燃烧，他觉得脸上、额上烫得厉害。"他什么都比我强。"他妒忌地想道。……

渐渐地、慢慢地他又睡去了。可是她突然醒来了。她跳下床，穿起衣服，扭开电灯，看一下手表。"啊呀！"她低声惊叫，她连忙打扮自己。

突然在窗外响起了汽车的喇叭声。"他来了，我得快。"她小声催她自己。她匆匆地打扮好了。她朝床上一看。他睡着不动。"我不要惊醒他，让他好好地睡罢。"她想道。她又看母亲的小屋，房门紧闭，她朝着小屋说了一声："再会。"她试提一下她的两只箱子，刚提起来，又放下。她急急走到床前去看他。他的后脑向着她，他在打鼾。她痴痴地立了半响。窗下的汽车喇叭声又响了。她用柔和的声音轻轻说："宣，我们再见了，希望你不要梦着我离开你啊。"她觉得心里不好过，便用力咬着下嘴唇，掉转了身子。她离开了床，马上又回转身去看他。她踌躇片刻，忽然走到书桌前，拿了一张纸，用自来水笔在上面匆匆写下几行字，用墨水瓶压住它，于是提着一只箱子往门外走了。

就在她从走廊转下楼梯的时候，他突然从梦中发出一声叫唤惊醒过来了。他叫着她的名字，声音不大，却相当凄惨。他梦着她抛开他走了。他正在唤她回来。

他立刻用眼光找寻她。门开着。电灯亮得可怕。没有她的影子，一只箱子立在屋子中央。他很快地就明白了真实情形。他一翻身坐起来，忙忙慌慌地穿起棉袍，连纽子都没有扣好，就提起那只箱子大踏步走出房去。

他还没有走到楼梯口，就觉得膀子发酸，脚沉重，但是他竭力支持着下了楼梯。楼梯口没有电灯，不曾扣好的棉袍的后襟又绊住他的脚，他不能走快。他正走到二楼的转角，两个人急急地从下面上来。他看见射上来的手电光。为了避开亮光，他把眼睛略略埋下。

"宣，你起来了！"上来的人用熟悉的女音惊喜地叫道。手电光照在他的身上。"啊呀，你把我箱子也提下来了！"她连忙走到他的身边，伸手去拿箱子。"给我。"她感激地说。

他不放开手，仍旧要提着走下去，他说："不要紧，我可以提下去。"

"给我提。"另一个男人的声音说。这是年轻而有力的声音。他吃了一惊。他看了说话的人一眼。恍惚间他觉得那个人身材魁梧，意态轩昂，比起来，自己太猥琐了。他顺从地把箱子交给那只伸过来的手。他还听见她在说："陈主任，请你先下去，我马上就来。"

"你快来啊。"那个年轻的声音说，魁梧的身影消失了。"咚咚"的脚步声响了片刻后也寂然了。他默默地站在楼梯上，她也是。她的手电光亮了一阵，也突然灭了。

两个人立在黑暗与寒冷的中间，听得见彼此的呼吸声。

汽车喇叭叫起来，叫了两声。她梦醒似地动了一下，她说话了："宣，你上楼睡罢，你身体真要当心啊……我们就在这里分别罢，你不要送我。我给你留了一封信在屋里，"她柔情地伸过手去，捏住他的手。她觉得他的手又瘦又硬（虽然不怎么冷）！她竭力压下了感情，声音发颤地说："再见。"

他忽然抓住她的膀子，又着急又悲痛地说："我什么时候可以再见到你？你什么时候回来？"

"我说不定，不过我一定要回来的。我想至迟也不过一年。"她感动地说。

"一年？这样久！你能不能提早呢？"他失望地小声叫道。他害怕他等不到那个时候。

"我也说不定，不过我总会想法提早的。"她答道，讨厌的喇叭声又响了。她安慰他，"你不要着急，我到了那边就写信回来。"

"是，我等着你的信。"他揩着眼泪说。

"我会——"她刚刚说了两个字，忽然一阵心酸，她轻轻地扑到他的身上去。

他连忙往后退了一步，吃惊地说："不要挨我，我有肺病，会传染人。"

她并不离开他，反而伸出两只手将他抱住，又把她的红唇紧紧地压在他的干枯的嘴上，热烈地吻了一下。她又听到那讨厌的喇叭声，才离开他的身子，眼泪满脸地说："我真愿意传染到你那个病，那么我就不会离开你了。"她用手帕揩了揩脸，小声叹了一口气，又说："妈面前你替我讲一声，我没有敢惊动她。"她终于决然地撇开他，打着手电急急忙忙地跑下了剩余的那几级楼梯。

他痴呆地立了一两分钟，突然沿着楼梯追下去。在黑暗中他并没有被什么东西绊倒。但是他赶到大门口，汽车刚刚开动。他叫一声"树生"，他的声音嘶哑了。她似乎在玻璃窗内露了一下脸，但是汽车仍然在朝前走。他一路叫着追上去。汽车却像箭一般地飞进雾中去了。他赶不上，他站着喘气。他绝望地走回家来。大门口一盏满月似的门灯孤寂地照着门前一段人行道。门旁边墙脚下有一个人堆。他仔细一看，原来是两个十岁上下的小孩互相抱着缩成了一团。油黑的脸，油黑的破棉袄，满身都是棉花疙瘩，连棉花也变成黑灰色了。他们睡得很熟，灯光温柔地抚着他们的脸。

他看着他们，他浑身颤抖起来。周围是这么一个可怕的寒夜。就只有这两个孩子睡着，他一个人醒着。他很想叫醒他们，让他们到他的屋子里去，他又想脱下自己的棉衣盖在他们的身上。但是他什么也没有做。"唐柏青也这样睡过的。"他忽然自语道，他想起了那个同学的话，便蒙着脸像逃避瘟疫似的走进了大门。

他回到自己的屋子里，在书桌上见到她留下的字条，他拿起它来，低声念着：

宣：

　　我走了。我看你睡得很好，不忍叫醒你。你不要难过。我到了那边就给你写信。一切有陈主任照料，你可以放心。我对你只有一个要求：保重自己的身体，认真地治病。

妈面前请你替我讲几句好话罢。

妻

他一边念，一边流泪。特别是最后一个"妻"字引起他的感激。

他拿着字条在书桌前立了几分钟。他觉得浑身发冷，两条腿好像要冻僵的样子。他支持不住，便拿着字条走到床前，把它放在枕边，然后脱去棉袍钻进被窝里去。

他一直没有能睡熟，他不断地翻身，有时他刚合上眼，立刻又惊醒了。可怖的梦魇在等候他。他不敢落进睡梦中去。他发烧，头又晕，两耳响得厉害。天刚大亮，他听见飞机声。他想：她去了，去远了，我永远看不见她了。他把枕畔那张字条捏在手里，低声哭起来。

"你是个忠厚老好人，你只会哭！"他想起了妻骂过他的话，可是他反而哭得更伤心了。

选自《巴金全集》第 8 卷

人民文学出版社 1989 年版

作家的话 ◇◇

于是在一个寒冷的冬夜里我开始写了长篇小说《寒夜》。我从来不是一个伟大的作家，我连做梦也不敢妄想写史诗。诚如一个"从生活的洞口……"的"批评家"所说，我"不敢面对鲜血淋漓的现实"，所以我只写了一些耳闻目睹的小事，我只写了一个肺病患者的血痰，我只写了一个渺小的读书人的生与死。但是我并没有撒谎。我亲眼看见那些血痰，它们至今还深深印在我的脑际，它们逼着我拿起笔替那些吐尽了血痰死去的人和那些还没有吐尽血痰的人讲话。这小说我时写时辍，两年后才写完了它……在这中间"胜利"给我们带来希望，又把希望逐渐给我们拿走。我没有在小说的最后照"批评家"的吩咐加一句"哎哟哟，黎明！"，并不是害怕说了就会被人"捉来吊死"，唯一的原因是：那些被不合理的制度摧毁、被生活拖死的人断气时已经没有力气呼叫"黎明"了。

《寒夜》后记

评论家的话 ◇

《寒夜》中巴金之所以能出色地刻画出下层知识分子的形象，也许是因为作品中的社会是巴金在抗战时期亲身经历的，物价飞涨、生活困苦、疾病、邪恶势力横行，这些大概都是国民党统治的"大后方"的现实。巴金同情汪文宣、曾树生与汪母，但并不袒护他们。这三个主要人物不得不在感情纠葛中生活，是由于各自的善意没能与彼此相处的社会环境吻合一致。曾树生与汪母之间纠缠不清的矛盾与憎恶根源不在于她们作为完整的人的性格，而在于她们置身其中的日常生活本身成了憎恶的起爆剂的缘故，无论文宣如何心地温良也无法消解两人之间的矛盾。但这并不等于否定汪文宣善良的意愿，纵使在社会上看来他是多么懦怯。

在家庭中，文宣站在纠纷的婆媳之间，自己决不参与争吵，对妻子、对母亲同样好言相劝，极力调和她们的感情。"家，我有一个怎样的家啊！"尽管他心里如此自语，实际上却把责任拉到自己身上以求万事和平。这不是虚伪的感情，"你们都是好人，其实倒是我不好，我没有用，我使你们吃苦。"他对母亲这么说感情是真挚的。懦弱、善良的他，只能这么思想，这么感觉。当然他也知道自己与母亲妻子的心并不相通，她们能给予他的只是关切与怜悯，"他跟她们中间仿佛隔着一个世界。"因而她们不能理解他的心。然而尽管如此，他还是爱着妻子和母亲，自己背负苦难与她们一块生活。为了她们，他抑制自己，要说这是懦怯也无不可，但是，这在某种意义上不正是小资产阶级知识分子的一个共性吗？……清醒地认识抗战时期国民党统治区丑恶的社会现实的觉悟和为自己所爱的人献出自己的一切的善良，在汪文宣身上都是从同一点上出发的。那善良大概就是《憩园》《第四病室》中描写的绝对善良吧。然而尽管汪文宣如此温厚善良，却得不到好报。巴金所要控诉的正是那好人没有好结果的黑暗社会。

〔日本〕山口 守《巴金的寒夜及其他》

李健吾

散文二题：希伯先生·切梦刀

李健吾，笔名刘西渭。1906 年出生于山西运城。1930年清华大学西洋文学系毕业，随即去法国巴黎现代语言进修学校进修。1933 年回国后，任上海暨南大学文学院、上海孔德研究所、上海实验戏剧学校教授、研究员。1949 年后任上海戏剧专科学校戏剧文学系主任，1954 年任北京大学文学研究所研究员，后随所转入中国社科院外国文学研究所。中学时代开始文学创作，以小说《终条山的传说》引起文坛注目。之后在文学创作、文学评论和外国文学翻译等方面都有很大的建树。著有《李健吾剧作选》《李健吾戏剧评论选》《戏剧新天》《李健吾文学评论选》《福楼拜评传》《李健吾散文选》等，并有《包法利夫人》《莫里哀喜剧全集》等译作行世。1982 年在北京去世。

希伯先生

接到哥哥来信，说家乡失陷，希伯先生被迫做了几天维持会的新贵，设法逃到外县。他有一个儿子被日本兵打死了。

希伯先生是一位有风趣的好好先生。一张并不虚肿的圆脸，沿边布满了荆棘似的短髭；鼻梁虽高，眼睛却不算大；毛发浓密，然而皮肤白净：处处给人一种矛盾的印象。小孩子初次站在他的旁边，不免望而生畏，听他三言两语之后，便意会出这位大人是怎样一个赤子，心情和他的年龄又是一个可爱的对比。他是一位半新不旧的文人，字写得规规矩矩，圆圆润润，和他自己一样平稳，和他自己一样没有棱角，而且，原谅我，和他自己一样默默无闻。中等身材，相当宽大，夏天他爱脱掉上身衣服，露出他厚实的胸脯。他的健康和强壮值得人人羡慕。谁也想不到这样一个结实的身体，藏着一颗比鸡胆还小的小胆。他虽说是一个文人，因为缺少名士的清骨，究竟还有撒野的地方，招人喜爱。方才我说他赤裸上身，未免有伤风化，实际当着亲朋家小，他才敢这样洒脱无礼。有一个毛病，不问前面是否远客高谊，他依然夺口而出，顺口而下，好比清流潺潺，忽来一声鸦噪。这就是那句一般厮走的口头禅：狗的。

我喜欢他。十岁的光景，父亲托了两位朋友把我远迢迢从西安送到津浦沿线的一个小站。他是其中之一。另一位是著名的二愣子，一句话就瞪眼，两句话就打架的李逵一流的人物。他们两位永远在冲突，我夹在中间像一道坝，或者不如说像一位判官，因为最后排难解纷的一定是我。我很乖巧。他们一路在轿车上争吵，临到歇店的时候，我总插进一句：

——叔叔，回头喝酒吗？

他们在这一点上永远是同意的。看着我矜矜在意打开我的小箱，一枚一枚数着我的铜圆，预备下了轿车请客，他们彼此望了望，眼睛全闭小了。我母亲给我小箱放了十块钱的铜圆，因为我的乖巧，变成他们的调解费。

我想他们不会真打真闹起来的。希伯先生的性格先不允许。然而他之所以要抬杠的，大约只是寻开心，故意激逗而已。假如他晓得对方霸道的时候，他会笑着脸，寻个机会，一转身溜掉的。

这种怕事的性格决定了他退守的行止。他不肯接受我父亲的介绍，孤零零到一个陌生的队伍。他指望我父亲有一天飞黄腾达，成就他的功名。同伴远走高飞，有的发了财，有的做了官，有的为害于民，有的为利于国，有的流转沟壑，死而不得其所，只有他，自从我父亲遇了害，收了他仅有的野心，烧掉所有我父亲寄给他的危险的书札，安分守己，默默然，做了一个良善的顺民。每一个人有他自己的磁石，我父亲是希伯先生的磁石。这块磁石碎了，也就没有谁能再吸引他这块顽铁了。年轻时候尝够了冒险，如今心灰了，血冷了，他牢牢守住他的处世哲学：明哲保身和与世无争，名有好处也有坏处，他不要了；利他要的，然而也只是那饱暖无缺的蝇头小利。没有大奢望，他也就是没有大风波。他像一条蚕，啃着他那一片桑叶，还不如蚕，他放弃了走动的念头。二十年来，难得有人听到他的名字。我晓得他在家乡一个什么职业学校教书，发两句无谓的牢骚，讲两句他那点儿半新不旧的破劳什子，如斯而已。

一阵狂风暴雨卷进了这和平的渺小的生活。他把自私当作他的硬壳，慵慵逸逸，拖拖沓沓，胶着在他绿莹莹的石头上面。他已经忘记什么叫作行动。万一他在滚转，那不是他，而是石头，是波浪。但是，可爱而可怜的希伯先生，我同情你。现在你陷在沸腾的血海，还丢掉了你所依恃的小小石头。你心爱的儿子也被强敌打死了。逃到什么地方去，你这前不巴天后不着地的田螺？你学会了生活，却不晓得怎样生活：生活是一条链子，你是一个环子。它不是一块一块不相连接的石头。

我一点没有责备希伯先生的意思。我宝贵我过去的生命，希伯先生是它一个寂寞的角落。他属于我的生命，他的悲哀正是我的悲哀。有谁说我不就是希伯先生呢？有谁说谁不是呢？站出来，让我崇拜你。

切梦刀

不知道什么一个机会，也许由于沦陷期间闷居无聊，一个人在街上踽踽而行，虽说是在熙来攘往的人行道上，心里闲静好像古寺的老僧，阳光是温煦的，市声是嚣杂的，脚底下碰来碰去净是坏铜烂铁的摊头，生活的酸楚处处留下深的犁痕，我觉得人人和我相似，而人人的匆促又似乎把我衬得分外孤寂，就是这样，我漫步而行，忽然来到一个旧书摊头，在靠外的角落，随时有被人踩的可能，赫然露出一部旧书，题签上印着《增广切梦刀》。

梦而可切，这把刀可谓锋利无比了。

一个白天黑夜全不做梦的人，一定是一个了不起的勇士。过去只是过去，时间对于他只有现时，此外都不存在。他打出来的天下属于未来，未来的意义就有乐观。能够做到这步田地的，勇士两个字当之而无愧，我们常人没有福分妄想这种称谓，因为一方面必须达观如哲学家，一方面又必须浑浑噩噩如二愣子。

当然，这部小书是为我们常人做的，作者是一位有心人，愿意将他那把得心应手的快刀送给我们这些太多了梦的可怜虫。我怀着一种欣喜的心情，用我的如获至宝的手轻轻翻开它的皱卷的薄纸。

"丁君成勋既成切梦刀十有八卷……"

原来这是一部详梦的伟著，民国六年问世，才不过二十几个年头，便和秋叶一样凋落在这无人过问的闹市，成为梦的笑柄。这美丽的引人遐想的书名，采取的是《晋书》关于王濬的一个典故。

"濬夜梦悬三刀于卧屋梁上，须臾又益一刀，濬惊觉，意甚恶之。主簿李毅再拜贺曰：三刀为州字，又益一者，明府其临益州乎？及贼张弘杀益州刺史皇甫晏，果迁濬为益州刺史。"

在这小小得意的故事之中，有刀也在梦里，我抱着一腔的奢望惘然如有所失了。

梦和生命一同存在。它停在记忆的暖室，有情感加以育养：理智旺盛的时候，我以为我可以像如来那样摆脱一切挂恋，把无情的超自然的智慧磨成其快无比的利刃，然而当我这个凡人硬起心肠照准了往下切的时候，它就如诗人所咏的东流水，初是奋然，竟是徒然：

抽刀断水水更流。

有时候，那就糟透了，受伤的是我自己，不是水：

　　磨刀呜咽水，
　　水赤刃伤手。

　　于是，我学了一个乖，不再从笨拙的截击上下功夫，因为那样做的结果，固然梦可以不存在了，犹如一切苦行僧，生命本身也就不复在人世存在了，我把自然还给我的梦，梦拿亲切送我做报答。我活着的勇气，一半从理想里提取，一半却也从人情里得到。而理想和人情都是我的梦的弼辅。说到这里，严酷的父亲（为了我背不出上"孟"，曾经罚我当着客人们跪；为了我忘记在他的生日那天磕头，他在监狱当着看守他的士兵打我的巴掌……），在我十三岁上就为人杀害了的父亲，可怜的辛劳的父亲，在我的梦里永远拿一个笑脸给他永远的没有出息的孩子。我可怜的姐姐，我就那么一位姐姐，小时候我曾拿剪刀戳破她的手，叫她哭，还不许她告诉父亲，但是为了爱护，她永远不要别人有一点点伤害我，就是这样一位母亲一样的姐姐，终于很早就丢下我去向父亲诉苦，一个孤女的流落的忧苦。而母亲，菩萨一般仁慈，囚犯一样勤劳，伺候了我们子女一辈子，没有享到我们一天的供奉，就在父亲去世十二年以后去世了。他们活着……全都活着，活在我的梦里……还有我那苦难的祖国，人民甘愿为她吃苦，然而胜利来了，就没有一天幸福还给人民……也成了梦。

　　先生，你有一把切梦刀吗？

　　把噩梦给我切掉，那些把希望变成失望的事实，那些从小到大的折磨的痕迹，那些让爱情成为仇恨的种子，先生，你好不好送我一把刀全切了下去？你摇头。你的意思是说，没有痛苦，幸福永远不会完整。梦是奋斗的最深的动力。

那么，卖旧书的人，这部《切梦刀》真就有什么用处，你为什么不留着，留着给自己使用？你把它扔在街头，夹杂在其他旧书之中，由人翻拣，听人踩压，是不是因为你已经学会了所有的窍门，用不着它随时指点？

那边来了一个买主。

"几钿？"

"五百。"

"贵来！"他惘惘然而去。

可怜的老头子，《切梦刀》帮不了你的忙，我听见你的沙哑的喉咙在吼号，还在叹息："五百，两套烧饼啊！"

选自《李健吾创作文选》

人民文学出版社 1984 年版

作家的话 ◈

一般人笑骂我是"为艺术而艺术"，我向例一笑置之。不是骄傲，而是因为我相信，艺术不容我多嘴。人人可以体会，这不是什么独得之秘。它近在眼前，远在千里，并不扑朔迷离，然而需要钻研体验。杰作如山，人生如海，巍然者如彼，谲幻者如此，自己沧海一粟，解释实在是多余。但是没有人拦得住我的热血和热情沸腾，我也不因它们的沸腾，不为它们追寻一个坚固的形体……把技巧看作艺术，正是一种学究，一种意识学究。技巧的熟练只是一种功夫，表现的工具而已，说不上可畏，更说不上可蔑。……同样我害怕另一类学究，那种原则学究，因为我相信，原则和创造之间还有相当距离。

《〈使命〉跋》

推荐者的话 ◇◇

这两篇散文都作于抗战时期的上海沦陷期间，民族的灾难，战争的血火使作者震惊、悲哀，同时发自内心的民族自尊心又催逼、折磨着他，他为个人在时代狂潮中的荒谬无奈境地感到憋闷、愧疚，《希伯先生》对平庸的希伯先生的宽容和同情中的嘲讽，正蕴含了对自身的批判；《切梦刀》则更凸现了这种个人对时代的荒谬无奈的感受。

宋炳辉

冯 至
十四行诗三首

　　冯至，原名冯承植，1905 年出生于河北涿县（今涿州）。1921 至 1927 年，先后在北京大学预科和德语系读书，毕业后在哈尔滨第一中学和北京孔德学校任教，其间参加浅草社和沉钟社，参与编辑《浅草》（季刊）、《沉钟》（周刊）、《沉钟半》（月刊），出版诗集《昨日之歌》（1927）、《北游及其他》（1929）。1930 年到德国留学，先后就读于海德堡大学和柏林大学，主修德国文学。1935 年回国后在上海同济大学任教。1939 年任昆明西南联大外文系教授。抗战胜利后任北京大学西语系教授。1964 年任中国社会科学院外国文学研究所所长。20 世纪 40 年代出版的《十四行集》（共 27 首），格律整饬，在日常境界中体味精微的哲理，随时准备领受从德行中涌现的某种意想不到的奇迹，这种奇迹具有提升人的精神的神圣高度，无论在其个人诗创作还是整个中国新诗史上，都具有里程碑意义。同时还著有历史小说《伍子胥》和散文集《山水》，均为一时之绝唱。对德国哲学文化、艺术均有很深造诣，译有《海涅诗选》《德国，一个冬天的童话》等，著有《论歌德》等。间以研究杜甫，所著《杜甫传》（1952），有学术深度，可读性强，影响较大。还著有论文集《诗与遗产》等。20 世纪 80 年代出版有《冯至选集》2 卷等。1993 年 2 月在北京病逝。

之三①

你秋风里萧萧的玉树——

是一片音乐在我耳旁

筑起一座严肃的庙堂，

让我小心翼翼地走入；

又是插入晴空的高塔

在我的面前高高耸起，

有如一个圣者的身体，

升华了全城市的喧哗。

你无时不脱你的躯壳，

凋零里只看着你生长；

在阡陌纵横的田野上

我把你看成我的引导：

祝你永生，我愿一步步

化身为你根下的泥土。

---

① 十四行第三首：尤加利树（Eucalyptus globulus）。

之九①

你长年在生死的中间生长，
一旦你回到这堕落的城中，
听着这市上的愚蠢的歌唱，
你会像是一个古代的英雄

在千百年后他忽然回来，
从些变质的堕落的子孙
寻不出一些盛年的姿态，
他会出乎意外，感到眩昏。

你在战场上，像不朽的英雄
在另一个世界永向苍穹，
归终成为一只断线的纸鸢：

但是这个命运你不要埋怨，
你超越了他们，他们已不能
维系住你的向上，你的旷远。

---

① 十四行第九首：给一个在前线作战经年的友人。

之二七

从一片泛滥无形的水里

取水人取来椭圆的一瓶,

这点水就得到一个定形;

看,在秋风里飘扬的风旗,

它把住些把不住的事体,

让远方的光、远方的黑夜

和些远方的草木的荣谢,

还有个奔向无穷的心意,

都保留一些在这面旗上。

我们空空听过一夜风声,

空看了一天的草黄叶红,

向何处安排我们的思? 想?

但愿这些诗像一面风旗

把住一些把不住的事体。

选自《十四行集》

上海文化生活出版社 1949 年版

作家的话 ◈

　　有些体验，永久在我的脑里再现，有些人物，我不断地从他们那里吸收养分；有些自然现象，它们给我许多启示：我为什么不给他们留下一些感谢的纪念呢？由于这个念头，于是从历史上不朽的精神，到无名的村童农妇，从远方的千古的古城，到山坡上的飞虫小草，从个人的一小段生活，到许多人共同的遭遇，凡是和我的生命发生深切的关联的，对于每件事物我都写出一首诗……

《〈十四行集〉序》

评论家的话 ◈

　　《十四行集》本身二十七章就是一个完整的小小体系：开始与终结中间有着一片心理的戏剧，意象的戏剧的层层开展与步步追寻，二者的交错与凝结：一朵小小的生命的火焰，正如李广田先生说到它的形式："它的层层上升而又下降，渐渐集中而又解开，以及它的错综而又整齐，它的韵法之穿来而又插去。"我们得如诗人所要求，准备着领受那些意想不到的奇迹……我们得随着诗人历遍生命的旅程，在每一旅邸打开自己沉思的窗子，得出神入化，尝遍一切生活的内在的滋养，得懂得生命在自然气候里的蜕化，或者如诗人所说，得侍候生命，它的每一次陌生、惊异与成熟，得以纯洁的爱与大爱者的眼睛观看一切，静听一切有声的与无语的，分担他们的命运……历史的精神，一种对人类生活的真诚的关切使诗人的语言有了更多的坚定，他的对自然的皈依，则使他有了更多的剔透。

　　沉思者，最丰富的也最朴素。

唐湜《沉思者冯至》

臧克家

◈ **有的人**

——纪念鲁迅有感

臧克家，1905 年生于山东诸城。早年参加过革命军北伐。1929 年至 1934 年在青岛大学（后改名山东大学）读书期间，创作新诗，1933 年出版第一本诗集《烙印》，以严谨的创作态度和木刻般的语言画面，雕塑出苦难中国社会中的底层人民的形象，曾受到闻一多的赞扬。另有《罪恶的黑手》《运河》等诗集。抗战后诗风渐转向粗犷。20 世纪 50 年代后长期担任《诗刊》主编。晚年有诗论和回忆录问世。2004 年 2 月 5 日去世。

有的人活着，

他已经死了；

有的人死了，

他还活着。

有的人

骑在人民头上："呵，我多么伟大！"

有的人

俯下身子给人民当牛马。

有的人

把名字刻入石头，想"不朽"；

有的人

情愿作野草，

等着地下的火烧。

有的人

他活着别人就不能活；

有的人

他活着为了多数人更好地活。

骑在人民头上的

人民把他摔倒；

给人民作牛马的

人民永远记住他！

把名字刻在石头上的

名字比尸首烂得更早；

只要春风吹到的地方

到处是青青的野草。

他活着别人就不能活的人，

他的下场可以看到；

他活着为了多数人更好地活着的人，

群众把他抬举得很高，很高。

1949 年 11 月 1 日于北京

选自《臧克家诗选》

人民文学出版社 1956 年 11 月

作家的话 ◈

　　一个诗人把他全灵魂注入的诗，才能成为好诗。当然，他所注入的也就是他所亲切的，热爱的，能同他起共鸣的。一个作品一经用生命铸造成功，它是不能以早晚期来判优劣的。优劣表现在它自身，而它的生命，又是诗人某一时期最真挚、最充沛、最丰盈，几乎是不能再次的最高表现。真实才可以持久，一个作品真实的生命，可以常年光辉，经久不老。

《十年诗选》序（1944 年）

评论家的话 ◇◇

　　新中国成立后一个月，咀嚼过旧时代生活的苦汁，并用他扎紧了的长鞭对黑暗现实做过有力鞭笞的诗人臧克家，以纪念鲁迅为题写了短诗《有的人》。在旧时代山崩瓦解，新世界已从地平线上崛起的岁月，诗人用不容置疑的有力语言，从对待人民的态度上，揭示了两个阶级、两个政权的根本对立的实质。他谴责那"活着别人就不能活"、"骑在人民头上"的人所统治的世界，欢呼"俯下身子给人民当牛马"的生活哲学。这首诗对现实所做的概括，使它的生命力并未随时间的推移而丧失。

张钟、洪子诚《当代中国文学概观》

孙 犁

吴 召 儿

孙犁，原名孙树勋。1913 年出生，河北安平人。自幼接受五四新文学与外国文学影响，抗战爆发后，在冀中地区参加抗日活动。1944 年到延安，在鲁迅艺术学院从事教学与研究，发表《荷花淀》等作品，以清新、优美的诗情画意来描绘冀中农民在民族战争中表现出来的"美的极致"。后来被誉为"荷花淀派"的代表作家。1949 年随解放军进驻天津，在《天津日报》当编辑。写作中篇小说《铁木前传》、长篇小说《风云初记》等，曾任作协天津分会主席。晚年写作大量随笔，老而浑成，博、涩、清、蕴，自成一体，有《秀露集》《澹定集》《远道集》《老荒集》《陌巷集》《无为集》等。有《孙犁文集》7 卷 5 册。2002 年 7 月 11 日去世。

回头得胜

这二年生活好些，却常常想起那几年的艰苦。那几年，我们在山地里，常常接到母亲求人写来的信，她听见我们吃树叶黑豆，穿不上棉衣，很是担心焦急。其实她哪里知道，我们冬天打一捆白草铺在炕上，把腿舒在袄袖里，同志们挤在一块，是睡得多么暖和！她也不知道，我们在那山沟里沙地上，采摘杨柳的嫩叶，是多么热闹和快活。这一切，老年人想象不来，总以为我们像度荒年一样，整天愁眉苦脸哩！

那几年吃得坏，穿得薄，工作得很起劲。先说抽烟吧：要老乡点兰花烟合上些芝麻叶，大伙分头卷好，再请一位有把握的同志去擦洋火。大伙围起来。遮住风，为的是这唯一的火种不要被风吹灭。然后先有一个人小心翼翼地抽着，大家就欢乐起来。要说是写文章，能找到一张白报纸，能找到一个墨水瓶，那就很满意了，可以坐在草堆上写，也可以坐在河边石头上写。那年月，有的同志曾经为一个不漏水的墨水瓶红过脸吗？有过。这不算什么，要是像今天，好墨水，车载斗量，就不再会为一空瓶子争吵了。关于行军：就不用说从阜平到王快镇那一段讨厌的砂石路，叫人进一步退半步；不用说雁北那蹚不完的冰水小河，登不住的冰滑踏石，转不尽的阴山背后；就是两界峰的柿子，插箱岭的风雪，洪子店的豆腐，雁门关外的辣椒杂面，也使人留恋想念。还有会餐：半月以前就做精神准备，事到临头，还得拼着一场症子，情愿吃得上吐下泻，也得弄它个碗净锅干；哪怕吃过饭再去爬山呢！是谁偷过老乡的辣椒下饭，是谁用手榴弹爆炸河潭的小鱼？哪个小组集资买了一头蒜，哪个小组煮了狗肉大设宴席？

留在记忆里的生活，今天就是财宝。下面写的是在阜平三将台小村庄我的一段亲身经历，其中都是真人真事。

民　校

我们的机关搬到三将台，是个秋天，枣儿正红，芦苇正吐花。这是阜平东南一个小村庄，距离有名的大镇康家峪不过二里路。我们来了一群人，不管牛棚马圈全住上，当天就劈柴做饭，上山唱歌，一下就和老乡生活在一块了。

那时我们很注意民运工作。由我去组织民校识字班，有男子组，有妇女组，且说妇女组，组织得很顺利，第一天开学就全到齐，规规矩矩，直到散学才走。可是第二天就都抱了孩子来，第三天就在课堂上纳起鞋底，捻起线来。

识字班的课程第一是唱歌，歌唱会了，剩下的时间就碰球。山沟的青年妇女们，碰起球来，真是热烈，整个村子被欢笑声浮了起来。

我想得正规一下，不到九月我就给她们上大课了。讲军民关系，讲抗日故事，写了点名册，发了簿子。可是因为座位不定，上了好几次课，我也没记清谁叫什么。有一天，我翻着点名册随便叫了一个名字：

"吴召儿!"

我听见哧的一声笑了。抬头一看，在人群末尾，靠着一根白杨木柱子，站起一个女孩，她正在往背后掩藏一件什么东西，好像是个假手榴弹，坐在一处的女孩子们望着她笑。她红着脸转过身来，笑着问我:

"念书吗?"

"对! 你念念头一段，声音大点，大家注意!"

她端正地立起来，两手捧着书，低下头去，我正要催她，她就念开了，书念得非常熟快动听。就是她这认真的念书态度和声音，不知怎样一下就印进了我的记忆。下课回来，走过那条小河，我听到了只有在阜平才能听见的那紧张激动的水流的声音，听到在这山草衰白柿叶霜红的山地，还没有飞走的一只黄鹂的叫唤。

向　导

十一月，老乡们披上羊皮衣，我们反"扫荡"了。我当了一个小组长，村长给我们分配了向导，指示了打游击的地势。别的组都集合起来出发了，我们的向导老不来。我在沙滩上转来转去，看看太阳就要下山，很是着急。

听说敌人已经到了平阳，到这个时候，就是大声呼喊也不容许。我跑到村长家里去，找不见，回头又跑出来，才在山坡上一家门口遇见他。村长散披着黑羊皮袄，也是跑得呼哧呼哧，看见我就笑着说:

"男的分配完了，给你找了一个女的！"

"怎么搞的呀？村长！"我急了，"女的能办事吗？"

"能办事！"村长笑着，"一样能完成任务，是一个女自卫队的队员！"

"女的就女的吧，在哪里呀？"我说。

"就来，就来！"村长又跑进那大门里去。

一个女孩子跟着他跑出来。穿着一件红棉袄，一个新鲜的白色挂包，斜着她的腰里，装着三颗手榴弹。

"真是"，村长也在抱怨，"这是反'扫荡'呀，又不是到区里验操，也要换换衣裳！红的目标大呀！"

"尽是夜间活动，红不红怕什么呀，我没有别的衣服，就是这一件。"女孩子笑着，"走吧，同志！"说着就跑下坡去。

"路线记住了没有？"村长站在山坡上问。

"记下了，记下了！"女孩子嚷着。

"别这么大声怪叫嘛！"村长说。

我赶紧下去带队伍。女孩子站在小河路口上还在整理她的挂包，望望我来了，她一跳两跳就过了河。

在路上，她走得很快，我跑上前去问她：

"我们先到那里？"

"先到神仙山！"她回过头来一笑，这时我才认出她就是那个吴召儿。

神仙山

神仙山也叫大黑山，是阜平最高最险的山峰，前几天，我到山下打过白草；吴召儿领导的，却不是那条路，她领我们走的是东山坡一条小路。靠这一带山坡，沟里满是枣树，枣叶黄了，飘落着，树尖上还留着不少的枣儿，经过风霜，红得越发鲜艳。吴召儿问我：

"你带的什么干粮？"

"小米炒面！"

"我尝尝你的炒面。"

我一边走着，一边解开小米袋的头；她伸过手来接了一把，放到嘴里，另一只手从口袋里掏出一把红枣送给我。

"你吃枣儿！"她说，"你们跟着我，有个好处。"

"有什么好处？"我笑着问。

"保险不会叫你们挨饿。"

"你能够保这个险？"我也笑着问，"你口袋里能装多少红枣，二百斤吗？"

"我们走到哪里，吃到哪里。"她说。

"就怕找不到吃喝哩！"我说。

"到处是吃喝！"她说，"你看前头树上那颗枣儿多么大！"

我抬头一望，她飞起一块石头，那颗枣儿就落在前面地下了。

"到了神仙山，我有亲戚。"她捡起那颗枣儿，放到嘴里去，"我姑住在山上，她家的倭瓜又大又甜。今儿晚上，我们到了，我叫她给你们熬着吃个饱吧!"

在这个时候,一顿倭瓜,也是一种鼓励,这鼓励还包括:到了那里,我们就有个住处,有个地方躺一躺,有个老乡亲切地和我们说说话。

天黑的时候,我们才到了神仙山的脚下,一望这座山,我们的腿都软了,我们不知道它有多么高,它黑得怕人,高得怕人,危险得怕人,像一间房子那样的大石头,横一个竖一个,乱七八糟地躺着,一个顶一个,一个压一个,我们担心,一步登错,一个石头滚下来,整个山就会天崩地裂房倒屋塌。她带领我们往上爬,我们攀着石头的棱角,身上出了汗,一个跟不上一个,拉了很远。她爬得很快,走一截就坐在石头上望着我们笑,像是在这乱石山中,突然开出一朵红花,浮起一片彩云来。

我努力跟上去,肚里有些饿,等我爬到半山腰,实在走不动,找见一块平放的石头,就倒了下来,喘息了好一会,才能睁开眼:天大黑了,天上已经出了星星。她坐在我的身边,把红枣送到我嘴里说:

"吃点东西就有劲了。谁知道你们这样不行!"

"我们就在这里过一夜吧!"我说,"我的同志们恐怕都不行了。"

"不能。"她说,"就快到顶上了,只有顶上才保险。你看那上面点起灯来的,就是我姑家。"

我望到顶上去。那和天平齐的地方,有一点红红的摇动的光;那光不是她指出,不能同星星分别开。望见这个光,我们都有了勇气,有了力量;它强烈地吸引着我们前进,到它那里去。

姑　家

北斗星转下山去，我们才到了她的姑家。夜深了，这样高的山上，冷风吹着汗湿透的衣服，我们都打着牙噤。钻过了扁豆架、倭瓜棚，她尖声娇气叫醒了姑。老婆子费了好大工夫才穿好衣裳开门。一开门，就有一股暖气，扑到我们身上来，没等到人家让，我们就挤到屋里去，那小小的屋里，简直站不开我们这一组人。人家刚一让我们上炕，有好几个已经爬上去躺下来了。

"这都是我们的同志。"吴召儿大声对她姑说，"快给他们点火做饭吧！"老婆子拿了一根麻秸，在灯上取着火，就往锅里添水。一边仰着头问：

"下边又'扫荡'了吗?"

"又'扫荡'了。"吴召儿笑着回答，她很高兴她姑能说新名词，"姑！我们给他们熬倭瓜吃吧！"她从炕头抱下一个大的来。

姑笑着说：

"好孩子，今年摘下来的顶属这个大，我说过几天叫你姑父给你送去哩！"

"不用送去，我来吃它了！"吴召儿抓过刀来把瓜剖开，"留着这瓜子炒着吃。"

吃过了香的、甜的、热的倭瓜，我们都有了精神，热炕一直热到我们的心里。吴召儿和她姑睡在锅台上，姑侄俩说不完的话：

"你爹给你买的新袄?"姑问。

"他哪里有钱，是我给军队上纳鞋底挣了钱换的。"

"念书了没有？"

"念了，炕上就是我的老师。"

截　击

第二天，我们在这高山顶上休息了一天。我们从小屋里走出来，看了看吴召儿姑家的庄园。这个庄园，在高山的背后，只在太阳刚升上来，这里才能见到光亮，很快就又阴暗下来。东北角上一洼小小的泉水，冒着水花，没有声响；一条小小的溪流绕着山根流，也没有声响，水大部分渗透到沙土里去了。这里种着像炕那么大的一块玉蜀黍，像锅台那样大的一块土豆，周围是扁豆，十几棵倭瓜蔓，就奔着高山爬上去了！在这样高的黑石山上，找块能种庄稼的泥土是这样难，种地的人就小心整齐地用石块把地包镶起来，恐怕雨水把泥土冲下去。奇怪！在这样少见阳光、阴湿寒冷的地方，庄稼长得那样青翠，那样坚实。玉蜀黍很高，扁豆角又厚又大，绿得发黑，像说梅花调用的铁响板。

吴召儿出去了，不久，她抱回一捆湿木棍：

"我一个人送一把拐杖，黑夜里，这就是我们的眼睛！"

她用一把锋利明亮的小刀，给我们修着棍子。那是一种山桃木，包皮是紫红色，好像上了油漆；这木头硬得像铁一样，打着石头上，发出铜的声音。

这半天，我们过得很有趣，差不多忘记了反"扫荡"。

当我们正要做下午饭，一个披着破旧黑山羊长毛皮袄，手里提着一根粗铁棍的老汉进来了；吴召儿赶着他叫声姑父，老汉说：

"昨天，我就看见你们上山来了。"

"你在哪看见我们上来呀？"吴召儿笑着问。

"在羊圈里，我喊你来呀，你没听见！"老汉望着内侄女笑，"我来给你们报信，山下有了鬼子，听说要搜山哩！"

吴召儿说："这么高山，鬼子敢上来吗？我们还有手榴弹哩！"

老汉说："这几年，这个地方目标大了，鬼子真要上来了，我们就不好走动。"

这样，每天黎明，吴召儿就把我唤醒，一同到那大黑山的顶上去放哨。山顶不好爬，又危险，她先爬到上面，再把我拉上去。

山顶上一丈见方的一块平石，长年承受天上的雨水，给冲洗的光亮又滑润。我们坐在那平石上，月亮和星星都落到下面去，我们觉得飘忽不定，像活在天空里。从山顶可以看见山西的大川，河北的平原，十几里，几十里的大小村镇全可以看清楚。这一夜下起大雨来，雨下得那样暴，在这样高的山上，我们觉得不是在下雨，倒像是沉落在波浪滔天的海洋里，风狂吹着，那块大平石也像要被风吹走。

吴召儿紧拉着我爬到大石的下面，不知道是人还是野兽在那里铺好了一层软软的白草。我们紧挤着躺在下面，听到四下里山洪暴发的声音，雨水像瀑布一样，从平石上流下，我们像钻进了水帘洞。吴召儿说：

"这是暴雨，一会就晴的，你害怕吗？"

"要是我一个人我就怕了，"我说，"你害怕吧？"

"我一点也不害怕，我常在山上遇见这样的瀑布，今天更不会害怕。"吴召儿说。

"为什么?"

"领来你们这一群人,身上负着很大的责任呀,我也顾不得怕了。"

她的话,说的同她那天在识字班里念书一样认真,她的话同雷电闪电一同响着,响在天空,落在地下,永远记在我的心里。

一清早我们就看见从邓家店起,一路的村庄,都在着火冒烟。我们看见敌人像一条虫,在山脊梁上往这里爬行,一路不断响枪,是各村伏在山沟里的游击组。吴召儿说:

"今年,敌人不敢走山沟了,怕游击队。可是走山梁,你就算保险了?兔崽子们!"

敌人的目标,显然是在这个山上。他们想从吴召儿姑父的羊圈那里翻下,转到大黑山来。我们看见老汉仓皇地用大鞭把一群山羊打得四散奔跑,一个人蹬着乱石往山坡上逃。吴召儿把身上的手榴弹全拉开弦,跳起来说:

"你去集合人,叫姑父带你们转移,我去截兔崽子们一下。"她在那乱石堆中。跳上跳下奔着敌人的进路跑去。

我喊:

"红棉袄不行啊!"

"我要伪装起来!"吴召儿笑着,一转眼的工夫,她已经把棉袄翻过来。棉袄是白里子,这样一来,她就活像一只逃散的黑头的小白山羊了。一只聪明的、热情的、勇敢的小白山羊啊!

她蹬在乱石尖上跳跃着前进。那翻在里面的红棉袄,还不时被风吹卷,像从她的身上撒出的一朵朵的火花,落在她的身后。

当我们集合起来，从后山上跑下，来不及脱鞋袜，就跳入山下那条激荡的大河的时候，听到了吴召儿在山前连续投击的手榴弹爆炸的声音。

联 想

不知她现在怎样了。我能断定，她的生活和历史会在我们这一代生活里放光的。关于晋察冀，我们在那里生活了快要十年，那些在我们吃不下饭的时候，送来一碗烂酸菜；在我们病重行走不动的时候，替我们背上了行囊；在战斗的深冬的夜晚，给我们打开门，把热炕让给我们的大伯大娘们，我们都是忘记不了的。

1949 年 11 月

选自《白洋淀纪事》

中国青年出版社 1958 年初版

作家的话 ◈

从事写作的人，应当像追求真理一样去追求语言，应该把语言大量贮积起来，应当经常把你的语言放在纸上，放在你的心里，用纸的砧，心的锤来锤炼它们。

《文艺学习》

评论家的话 ◈

　　是的，就孙犁的大多数作品来说，它们比较擅长描绘生活长河中的一朵浪花，时代激流中的一片微澜，或者是心灵世界中的一星燐火，若是用绘画来比拟，它们近似于一幅幅色彩宜人、意境隽永的"斗方白描"。但，这样的"斗方白描"也可以从各个方面、各个角度来反映革命历史和现实斗争，如果将它们放在一起来看，又何尝不可以构成一定历史阶段的时代风貌的画卷？

　　　　　　　　　　黄秋耘《关于孙犁作品的片断感想》